文春文庫

あんちゃん

北原亞以子

文藝春秋

あんちゃん

contents

目次

あんちゃん

帰《かえ》り花《ばな》

茶碗か皿か、台所から瀬戸物《せともの》の割れる音が聞えた。六つになるおさよが昼食の汚れ物を井戸端へ洗いに行ってくれたのだが、おそらく、帰ってきたところで裏口の敷居につまずいて、瀬戸物を入れたざるを落としたのだろう。

ようすを見に行こうか、それとも行かない方がよいだろうかと迷ったが、もし茶碗や皿がこまかく砕けてしまったのなら、その片付けは六つの子の手にあまる。破片で小さな手を傷つけても可哀そうだった。

おりょうは、寝床から出て袢纏《はんてん》を羽織り、継《つぎ》布の多い足袋を手早くはいた。

この三日間、寒気とのどの痛みと、手足を放り出したくなるようなだるさに悩まされ、隣りの女房から、「おでこの濡れ手拭いなんざ、気休めだよ。医者へお行き」と言われながら寝ているのだが、彼女の言う通り、寒気がとれない。寝床から出ると、開《あ》けっ放《ぱな》しらしい裏口からの風のせいではなく、背筋に悪寒《おかん》が走った。

おりょうは、衿もとを掻き合わせながら台所へ出て行った。案の定、おさよは、べそをかいて破片を拾い集めていた。

おりょうの顔を見ると、ほっとしたのか失敗を見つけられたと思ったのか、べその歪みが顔中にひろがって、声をあげて泣きはじめた。

「泣かないの。こわれたのは、おっ母《か》ちゃんが拾うから」

「やだ。おさよちゃんが拾う」

「いいから。ほら、お手々が泥だらけになってるじゃないか。早く洗っといで」

「いい。おさよちゃんが拾う」

俯《うつむ》くと頭が痛い。めずらしく強情を張り、しかも泣きつづけている我が子にも少し腹が立ってきた。これでおさよが茶碗の破片で怪我をして、なお声高に泣き出すようなことになれば、「ほら、ご覧」と声を荒《あら》らげてしまうにちがいないと思った。

が、幸いなことに、隣りの女房のおえんが顔を出した。隣家の裏口も、人一人がやっと通れる路地にある。おさよの泣き声が聞えたのかもしれなかった。

「どうしたの、おさよちゃん。せっかくのいい子が台なしじゃないか」

「そうなの。お昼のあとを片付けてくれるってところまでは上出来だったんだけどねえ」

「見事に瀬戸物をふやしてくれたね」

「ほんと。ものがふえるってのは、おめでたいっていうけどねえ」

おりょうが咳《せ》き込《こ》んで、おさよの泣き声が高くなった。

「ま、どうしたっていうの、この子は」

「だって、だってさ」

おさよが泣きじゃくりながら言った。

「お茶碗、おっ母ちゃんのとおさよちゃんのと、二つ割っちゃったから、二つも買わなくっちゃいけないじゃないの」

「それをいいことにして、きれいなお茶碗を買ってもらい」

おえんが言うと、おさよは泣きながら恨めしそうにおえんを見た。

「いや。おさよちゃん、このお茶碗でよかったの」

「どうして」

「お茶碗買うと、筆を買ってもらえないもの」

おえんが、「ごめんね」というようにおりょうを見た。おりょうは、かぶりを振って苦笑いをした。

おりょうの亭主は、おさよが生れた年に他界した。それからは、おりょうが造花の内職をしたり、仕立て直しをひきうけたりしておさよを育ててきた。暮らしは決して楽ではない。今年六月、懸命にためた金を束脩《そくしゅう》として納め、六つのおさよを手跡指南所《しゅせきしなんじょ》へ通わせることにしたのだが、おさよも子供なりに母がむりをしたとわかっていたのだろう。筆の穂先が抜けてしまったことを、黙っていたのだった。

穂先を筆に押し込んでいるのを見て、おりょうは仕立て物の手間賃が入ったら、新しい筆を買ってやると約束した。その矢先に寝込んでしまったのだった。おさよは、早くおりょうに癒《なお》ってもらい、筆を買ってもらいたい一心で茶碗や皿を洗いに行ったのだろう。娘の気持に気づかなかった自分の迂闊《うかつ》さが情けなかった。

おさよはまだ泣いている。「大丈夫、筆は買ってあげるから」と言っても、「それじゃ、おっ母ちゃんのお茶碗が買えない」と、かぶりを振っている。自分をまだ「おさよちゃん」と呼んでいたりして、おりょうの六つの頃より幼いと思っていたのだが、甘えん坊の泣虫なりに成長しているようだった。

「それじゃあね、おさよちゃん、小母ちゃんとこへおいで。いいものを上げるよ」

「いいものって」

「お茶碗」

おえんは、おりょうに向かって笑ってみせた。

「小母ちゃんとこのお姉ちゃんがね、大人の大きいお茶碗が欲しいって言って、おさよちゃんが使うような新しいのが、一つあまっているんだよ。ちょうどよかった。それを使ってくれるかえ」

「うん」

おさよは、うなずいてからおりょうを見た。

「おりょうさんも、ちょいとひびの入っちまったのでよければ上げるよ。買ってくる途中で落としちまってね。一度も使わないのに捨てるのも何だと思って、とっておいたのさ。それでよかったら」

「有難う。助かります」

ちょうど、瀬戸物の破片を拾い終えたところだった。おえんは自分のうちから高箒《たかぼうき》を持ってきて、土間をきれいに掃いてくれた。

「おりょうさんは寝床へ戻った方がいいよ。お茶碗は、おさよちゃんに渡すからさ。ね、おさよちゃん、それでいいよね」

おさよは嬉しそうにうなずいて、おえんのあとについて行った。おりょうは、火鉢にかけられていた鉄瓶の湯を桶《おけ》に移し、水を入れてぬるま湯にした。

ゆっくりと手を洗い、鉄瓶の水をふやす。風邪をひいてのどが痛む時は、何かで湯気《ゆげ》をたてておけとは、おりょうが文吉と所帯をもつ直前に、あの世へ旅立った母が言っていたことだった。

鉄瓶を炭火にかけて、寝床へ戻ろうと思ったが、やはりあの硯箱《すずりばこ》が気になった。おりょうは、枕もとに置いてあった手拭いをのどに巻いて衿もとから入ってくる寒さを防ぎ、戸棚を開けた。あの硯箱は、古い浴衣《ゆかた》にくるんで行李《こうり》の中に入っている。店賃《たなちん》の安い家を探して引越を繰返したため、行李はだいぶこわれてきたが、硯箱はもらった時のまま、とりきれなかった墨の汚れごと、どこもこわれずにいる筈《はず》だった。

真ん中が擦り減っている硯はいやだと言うおさよには、むりをして新しい墨と硯を買ってやった。硯箱は、おえんの上の娘が使っていたものをもらった。筆だけは、あの硯箱の中から出してやったので、一年もたたぬうちに穂先が抜けてしまったのだろう。

硯箱があらわれた。おおかたの子は、六歳から手跡指南所に通いはじめる。おりょうは、七つになってから通い出した。今のおりょうも貧しいが、おさよにひもじい思いだけはさせたことがない。が、子供の頃のおりょうは、昼食とは水を飲んで我慢するものだと思っていた。

父はいなかった。母のおわかはおりょうが生れた時に死んだと話していたが、子供の頃からそれは嘘だと感づいていた。死んだのなら少しは残っている筈の男のにおい、たとえば男物の着物や大ぶりの茶碗や、台所ばきにしそうな下駄などが、何一つなかったのである。

島蔵《しまぞう》という名前も、母がその時に思いついたものではないかと思う。父親には会えないものと諦めているが、母を問い詰めて、ほんとうの名と居所くらいは聞き出しておけばよかったと思ったこともある。

母のおわかは不器用で、内職もろくにできなかった。男は、そんなおわかにうんざりして夫婦になろうとしなかったのかもしれないが、それにしても、おわかがみごもったとわかったとたん、捨てることはないだろう。内職すらできない女が赤ん坊をかかえてどうなるかなど、想像しようと思わなくとも想像できる。その男の家の前で、「薄情者、情《じょう》なし男《おとこ》」と一度でよいから叫んでやりたかった。

よく生きのびたものだと、今でも思う。子供に罪はないのだからと時折残り物を食べさせてくれた一膳飯屋《いちぜんめしや》の夫婦や、これでよかったらお使いと、継《つ》ぎ接《は》ぎだらけではあるものの足袋や襦袢《じゅばん》や、時には着物をくれた近所の人達がいなかったなら、飢えるか凍えるかしてあの世へ旅立っていたかもしれない。あの世から化けて出るためにも、男のほんとうの名と居所は知っておきたかった。

が、手跡指南所の師匠、上宮壮七郎《うえみやそうしちろう》は、いつまでも父親を恨んでいるなよと、口癖のように言っていた。

「人を恨んでいるとな、顔が歪んでしまうぞ。せっかく可愛い顔をしているのに、その顔が歪んでしまってはいやだろうが」

壮七郎はよくそう言って、おりょうの頰をそっとつまんだものだった。

いいお師匠《つしょ》さんだったと、今でも思う。七つの時から手習いに通えるようになったのも、指南所の前にぼんやりと立っていたおりょうを、壮七郎が見つけてくれたからだった。

「どうした」

と、壮七郎は、雲脂《ふけ》だらけだったにちがいないおりょうの髪に手を置いて言った。

「そんなところに立っていないで中へ入れ。小さい時に覚えたことは、あとになって役立つぞ」

「でも、わたし」

「いいから、中へ入れ」

近くに住んでいたおりょう母子《おやこ》の噂を、壮七郎は耳にしていたのかもしれない。おりょうの手をひいて稽古場に入り、机も硯も墨も筆も、すべて稽古場にあったものを貸してくれた。

それだけではなかった。子供達の中には、指南所に弁当を持ってくる者もいた。無論、自分の家へ食べに帰る子もいるのだが、いずれにしても、おりょうに昼食はない。一膳飯屋も、夜になって暖簾《のれん》をおろした時に残っていたものをくれるので、売り切れてしまった日は豆腐のかけらすらもらえないことになる。

壮七郎は、昼になると、自分でにぎったらしい武骨なにぎりめしをくれた。沢庵が添えられている時もあった。しばらくたってから、壮七郎と一緒に暮らしていた母親が気づいてくれたのだろう。少し小ぶりのおむすびが四つ、竹の皮にくるまれて渡されるようになり、おりょうはそれを家へ持って帰っておわかと二人で分けて食べた。

おりょうは、浴衣の上の硯箱を両手で撫でた。十一で菓子屋の子守になった時に、壮七郎がおりょうの使っていた硯と墨と筆を入れてくれたのだった。おりょうは、その後もこの硯と墨と、おさよにあたえた筆で文字の稽古をした。子守の時も、女中奉公をした時も、暇を見つけては稽古をしたものだった。裁縫を教えてくれた壮七郎の母が、忘れないようにと書いてくれた袷《あわせ》の縫い方が読めるのも、この硯と墨があったお蔭だった。

「お師匠《つしょ》さんも、もう子供さんがいなさるんだろうな」

そう思う。おりょうが七つだったあの時、壮七郎は二十一か二の若い師匠だったが、あれから十七年の年月が過ぎているのだった。

のどの痛みとだるさが、やっととれた。

頼まれていた仕立て物は、あの翌日からふたたび縫いはじめたのだが、針を動かしているうちに肩凝《かたこ》りのせいか、吐き気がおさえきれなくなって、結局七日も床の中にいる破目になった。

「ご覧な。だから、思い切って何にもしないで寝てなって、そう言ったのに」

おえんは、いつもの通り、無愛想な口調で言った。

「仕立て物を頼みなすったのは、大黒屋《だいこくや》のおかみさんだろう。質を置きに行くわけじゃないけど、ちょいと寄ってやるよ」

おりょうの具合がわるく、仕立て上がりが遅くなると断っておいてやるというのだった。

有難かったが、それではおさよと二人、暮らしてゆく道がたたなかった。おりょうは、おさよが手習いに行っている昼間だけ針を持ち、夜は、暮れ六つの鐘が鳴るのと同時に夕飯にして、おさよと一緒に床に入った。母はいつも夜なべで起きているものと思っていたらしいおさよは、おりょうと枕をならべて眠るのが嬉しかったようで、おりょうの胸に触れてみたり、頰を押しつけたりして、いつまでもはしゃいでいた。

下谷長者町《したやちょうじゃまち》の質店、大黒屋の女房は、仕立て上がりが遅くなったことを詰《なじ》るどころか、お見舞いにも行けなかったからと、手間賃をいつもより多くくれた。しかも、躯《からだ》の具合がよいのならと、次の仕事までくれた。

それで気が大きくなったわけではないのだが、おりょうは、神田まで足をのばしてみようかと思った。今頃は指南所の稽古場で、いろはを書いているにちがいないおさよには、長者町まで出かけると言ってきた。もし、おさよの方が先に帰ってきたならば、お隣りで遊ばせてもらえとも言ってある。

おりょうの躯は、歩きたがっていた。七日間も家にこもり、寝たり起きたりしていたので、風が吹いてくればひやりとする感触が心地よかったし、日向へ出れば、光の色は薄くなってきたが春のような陽射しが心地よかった。病み上がりでも、歩くのは苦にならなかった。

が、それよりも、神田佐久間町へ行ってみたかった。佐久間町は、おりょうが生れ、十一まで住んでいた町である。言うまでもなく、上宮壮七郎が手跡指南所を開いていた町でもあった。

行李の中にしまっておいた硯箱を見た日の夜、おりょうは壮七郎の夢を見た。壮七郎は三十八、九になっている筈だが、夢に出てきた壮七郎は二十一、二で、庭で竹刀《しない》を振っていた頃の若々しい姿だった。おりょうは、そんな壮七郎を濡れ縁に腰かけて眺めているのである。自分は七つのようにも見えたが、壮七郎が濡れ縁の方を見て微笑んだ時は、二十四の今の自分になっているように思えた。

夢の中のおりょうは、壮七郎に会えたことを喜んでいた。目が覚めた時のおりょうも、泣いたあとのように胸が痛いほどいっぱいになっていた。

会いたかった。会いたかったが、おりょうは文吉の女房で、おさよという子供のいる女だった。軀の具合がわるいため、心細くなっているなら、文吉が恋しくならなければいけなかった。

亭主となった文吉は建具職人で、どちらかといえばおとなしい男で、喧嘩らしい喧嘩もしたことがなかった。しかも腕がよく、芝の棟梁からも、建具は文吉でと名指しで仕事が入るほどだった。当時住んでいた神田明神下では、この界隈で一番幸せな夫婦と評判だったものであった。

おりょうは、そんな噂が佐久間町にまで届いていまいかと気にしたことがある。おりょうが文吉と所帯をもったのは十六の時で、壮七郎は、三十か三十一歳になっていた。が、おそらくは母親の病気が原因で、妻をめとることができずにいたのである。母親の病気は労咳《ろうがい》だという噂で、あれほど多かった弟子も一人去り、二人去りしていったのだろう。おりょうが所帯をもった頃はほとんどいないようだった。助けてもらったのにと、おりょうは自分の幸せが申訳ないように思えたのだった。

見舞いに行ったことはない。おりょうの言うことには「いいよ」とすぐにうなずいてくれる文吉だったが、壮七郎の母の見舞いだけは「だめだ」と言った。佐久間町での仕事で、母親の病いの噂を耳にしていたようだった。

翌年にはおさよをみごもって、佐久間町へはとうとう行かなかった。気にはなっていたのだが、おさよが生れ、文吉が逝き、赤子をかかえての暮らしに追われて、佐久間町からは、住む町もおりょうの気持も遠くなった。

それでも、硯箱は捨てられなかった。思い出さないようにしていた上宮壮七郎の名も姿も、忘れることはできなかった。おりょうの足は、行こうときめた気持より早く、佐久間町に向かっていた。

佐久間町は、神田川沿いに細長くならんでいる。おりょうが住んでいたのは二丁目で、壮七郎の手跡指南所は、二丁目と横町をはさんで隣り合う三丁目の角にあった。

おりょうの母のおわかは、男に捨てられて一文なしに近い状態となっても、二丁目の仕舞屋《しもたや》から引っ越そうとしなかった。江戸にはもっと安い店賃の仕舞屋もあるし、裏長屋という住まいもある。が、時折、風車をつくる内職をどこからかもらってきたり、近くの縄暖簾を手伝いに行ったりして多少の銭を稼ぎ、一月分《ひとつきぶん》の店賃を払っては二月分《ふたつきぶん》をためるというようなことを繰返していたらしい。

今になれば、そんなおわかの気持も少しはわかる。引っ越しても一膳飯屋のような人達に巡り会えるだろうかと、臆病になっていたのだろう。

おりょうの住んでいたあたりの家は、建て直されてきれいになっていた。三丁目の角にあった手跡指南所も、「ことによると」とは思っていたのだが、家の造りが変えられていた。稽古場だったあたりは、おそらく女主人の部屋と女中の部屋になっているにちがいなかった。

おりょうは、二軒先にある小売りの米屋をのぞいた。上宮壮七郎が佐久間町からいなくなっていることだけを確かめて、帰るつもりはなかった。

「あの、少々お尋ねしたいのですけれど」

「はあ、わかることでしたら」

店先に立っていた亭主らしい男が、無愛想に答えた。

「あの、十年くらい前、あそこに手跡指南所があった筈なのですけれども」

「あったよ」

米屋の亭主は、あっさり答えた。

「が、お師匠《つしょ》さんのおっ母さんが患《わずら》いついちまってね。労咳だなどという噂がたったものだから、誰も子供を通わせなくなっちまってさ。若いのに子供を可愛がってくれる、いいお師匠《つしょ》さんだったんだけどねえ」

「で、そのお師匠《つしょ》さんは」

「おっ母さんが亡くなった翌年のことだったかねえ。芝の方へ引っ越すと、挨拶にきなすったが」

「お一人で、いえ、ご自分でおいでになったのですかえ」

「そりゃそうだよ」

と、米屋の亭主は、その必要もないのに声をひそめた。

「弟子入りする子が一人もいなくなっちまったってのに、おっ母さんが患ってなすっただろ。奥様を迎えなさるどころの騒ぎじゃねえわな」

おりょうは何も言えなかったが、米屋の亭主は話にはずみがついたのか、声をひそめたまま喋《しゃべ》りつづけた。

「幸い、と言っていいかどうか、お祖父《じい》さんだか曾祖父《ひいじい》さんだかが、どこかの大名に抱えられたこともある学者だったそうでね。有名な絵師が絵を描いたってえ掛軸《かけじく》やら額やら、こむずかしい本やら、いろんなものを持ってなすったんだよ。俺も頼まれて掛軸を売って差し上げたが、芝に引っ越して行く頃は素《す》っ寒貧《かんぴん》だっただろうね」

「あの」

おりょうは、「実は奥様を迎える話もあったんだよ」と言いかけた亭主を、やわらかく遮った。

「あの、芝のどの辺にお引っ越しなすったのでしょうか」

「さあてね。弟子がふえすぎて稽古場が狭くなったってえ引越じゃないから、俺もくわしくは聞かなかったんだ」

ぼんやりと立っていたおりょうに声をかけてくれた若々しい壮七郎が、目の前を通り過ぎた。

菓子屋の子守をしているうちに、おりょうは、池之端《いけのはた》の袋物問屋から女中にこないかと誘われた。貧しい家の生れだというのに、文字も書ければ裁縫もできる、多少の礼儀作法も心得ている近頃めずらしい子だと、菓子屋の主人が煙草入れをあつらえた時に、おりょうの話をしたようだった。

二歳だった菓子屋の子も四歳になっていて、主人も、せっかくだから池之端へ行けと言ってくれた。文吉とはそこで出会った。袋物問屋の主人が父親のため近くに隠居所を借り、その家の建具の直しに文吉が呼ばれたのである。

幾日か、おりょうは文吉に茶や菓子をはこんでいった。よい天気で助かるとか、酒を飲まないので甘い菓子が好きだとか、そんなことを話したこともあった。が、明けて十六歳という年の暮れに、袋物問屋の主人から、文吉と所帯を持ってはどうかと言われた時は、なぜ文吉なのかと驚いたものだった。文吉は嫌いではなかった。よさそうな人だとも思っていた。が、その名を聞いて、耳朶《みみたぶ》が赤くなるような人ではなかった。

うなずかないおりょうを見て、袋物問屋の主人夫婦は意外に思ったようだった。おりょうは、使いにかこつけて佐久間町へ行った。

師走《しわす》だった。年の市で買った標縄《しめなわ》や橙《だいだい》の葉が結び目からはみだしている風呂敷包みを下げた人と、幾度もすれちがったことを覚えている。

年の始めには今年こそよいことがあるようにと心をこめて願うのに、今年も去年と同じような日々が過ぎていって、おかみさんになりたいと思ったこともない人との縁談がきた。標縄の風呂敷包みを下げている人達は、去年よりも今年の方がよかったと思っているのではないかと、淋しくなったことも記憶にある。

手跡指南所の看板が、強い風に揺れていた。稽古場は静まり返っていて、おりょうは、壮七郎が引っ越してしまったのではないかと思ったものだった。

幾度か声をかけたのちに、「どうした、中に入れ」と言ってくれたのと同じ声が返事をした。おりょうは、あの時と同じ若々しい姿が出入口にあらわれるものと思っていた。

「ええと」

壮七郎はそう言って、おりょうを見つめた。

「ええと、お前は――その口許に見覚えがあるぞ。ええと、そうだ、わかった、おりょうだ、おりょうちゃんだ」

十一の四月に菓子屋に奉公することがきまり、硯も墨も入った硯箱をもらって佐久間町を離れてから、四年あまりの月日が流れていた。明ければ十六になるとはいえ、女の子から娘になる途中だったと言ってもいいおりょうの目には、二十九か三十になっていた壮七郎の、硯箱をくれた時まではなかった男くささは、別人となってしまったような感じさえあたえたものだった。

「上がれ、と言いたいが、母上が患っていてな。すまんが、ここに腰をかけてくれ」

「いえ、すぐに帰ります」

「すまぬな、せっかくきてくれたのに」

「いいえ、わたしもお使いの途中なんです。でも、ついそこまできたので、お師匠さんのお顔が見たくなって」

「嬉しいことを言ってくれるなあ」

上がり口に腰をおろし、沓脱《くつぬぎ》の石に片方の足をかけ、豪快に笑った顔には昔の面影が残っていた。おりょうは、その笑顔に、鉋《かんな》の刃の具合を確かめている文吉の顔を重ねてみた。

「あの、お師匠さん。相談をしてもいいですかえ」

「当り前だ。ただ、おりょうちゃんのように大きくなった女の子の相談相手には、なれぬかもしれぬぞ」

「ううん、そんなことない」

いつのまにか、壮七郎の男くささは消えていた。目の前にいる壮七郎は、「中に入れ」と髪に手を置いてくれた爽やかな男であり、「は」の字や「ま」の字をどうしても反対に曲げてしまうおりょうの手習いに、辛抱強くつきあってくれたやさしい男だった。

「あの、わたしは今、池之端の袋物問屋に奉公しているんですけど」

「お菓子屋さんから聞いたよ。よく働く子だって、評判だぞ」

「有難うございます。それでね、あの」

あの時、おりょうは、どんな言葉を使って縁談があることを壮七郎に告げたのだろう。ためらって、「どんな相談だえ」と催促されて、それでもまだ、嫁にゆくという言葉は唇の外へ出てこなかった。

「結構なことじゃないか」

と、壮七郎が言ったのは、おりょうが何と言った時だったのか。

「いい縁談《はなし》だと思うよ。お店に出入りの職人さんなら、お店のご主人やお内儀が、その職人さんのことを一番よく知ってなさる。ご主人がすすめてくれる縁談《はなし》なら、間違いはないさ」

「そうでしょうか」

「そうだともさ。おりょうちゃんは、お嫁にゆくのなんざまだ早いと思って、わたしのところへ相談にきたのだろうが、少々早くっても、よい縁談《はなし》はよい縁談《はなし》だ。うなずかない手はないよ」

今思えば、壮七郎は、おりょうが若い娘にありがちな相談をしにきたと思っていたにちがいない。

いつかは嫁がねばならないが、まだ嫁ぎたくはない。まだ嫁ぎたくはないが、断ってしまうにはもったいない縁談《えんだん》でもある。いっそ嫁いだ方がよいのではと、半分くらいは嫁ぐ気になっているのだが、あと一押しが欲しいのだと、おりょうの「相談」の意味を誤解したのだろう。自分は、迷っているおりょうの背中を押してやらなければと、そう考えてしまったのだ。

十五歳のおりょうは、黙ってうなずいた。壮七郎の母の咳が聞え、壮七郎が腰を浮かせた。

そうじゃない、縁談のよしあしを聞きにきたのじゃないと言えなかったのは、おりょうの心がふと揺らいだからではなかったか。母親の咳が聞えて腰を浮かせた壮七郎の顔に、疲れがにじんで出たのである。

二十四になっている今のおりょうなら、壮七郎の額や頬ににじんだ疲れを、気の毒にと見ただろう。脂が浮いているようにも見えたが、ゆっくり湯屋へ行く暇もないのかもしれないと、なお気の毒に思ったにちがいない。

が、十五のおりょうは、壮七郎が汚れてしまったと思った。汚れてしまった壮七郎に、七つの時から抱きつづけてきた思いを打ち明けてもよいのだろうかと、自分に尋ねてしまったのだった。

「せっかくきてくれたのに、落着かなくてすまぬ。ちょっと母のようすをみてくる」

「いえ、お暇《いとま》します」

と、おりょうは言った。

「お母上様の看病をなすって下さいまし」

「そうか。すまなかったな」

「いえ」

かぶりを振って、おりょうは外へ出た。師走の風が吹いていた。

大黒屋の女房がよけいに払ってくれた手間賃で、おさよの弁当箱と卵を買った。稽古場でお師匠さんといっしょにお昼を食べたいとおさよが言っていたし、おさよが八つ下がりまで帰ってこないとわかっていれば、おりょうにも好都合だった。

が、おさよは、おりょうが弁当箱に卵焼や梅干しをつめているのを見て、「また、ご用ができたの」と頬をふくらませた。

「一昨日《おととい》も、おさよちゃんが帰ってきた時に、おっ母ちゃんがいてくれないんだもの」

「ごめんね。おっ母ちゃん、どうしても片付けなければならないご用ができちまったんだよ」

「どんなご用？」

「どんなご用って」

恩人を探しているのだと言えば、おさよもわかってくれるだろう。恩人の意味は、もう教わっている筈だった。が、文吉の子であるおさよに、上宮壮七郎を探していると言うのは妙にためらわれた。

壮七郎に会って文吉とのことを相談した日、おりょうは店に帰るとすぐ、主人夫婦に承知したと伝えた。壮七郎の顔に浮かんだ疲れが汚れて見えたことに驚いたことも原因の一つだったと思う。あんな壮七郎は見たくない、あんな壮七郎からは離れてしまいたいと思ったのだ。

当時、文吉は二十一で、七つのおりょうが出会った壮七郎と同じくらいの年齢だった。母親や父親が病床についているということもなく、二番目の姉が一緒に住んでいて、いつもこざっぱりしたものを身につけていた。

それなら文吉さんの方がいい。

そう思ったのだと、おりょうは解釈した。が、祝言《しゅうげん》を上げる直前になって、おりょうは、まだ、硯箱をくれた爽やかな壮七郎を探しつづけている自分に気がついた。

あんなお師匠さんなら、文吉さんでいい。

おりょうは、そう思ったのだった。爽やかな筈の壮七郎が、疲れをにじませていることにもがっかりしたが、所帯をもつかもしれないと言っているのに驚きもせず、動揺もせずに「いい縁談《はなし》ではないか」と言った壮七郎につむじを曲げたのだ。

それ以来、おりょうは文吉に申訳ないと思いつづけていた。硯箱は捨てられなかったが、文吉にはできるだけのことをしようと思っていたし、おさよをみごもった頃は、壮七郎の存在が遠くなっていたせいもあって、文吉と夫婦になってよかったと心底から思っていた。

今でも、文吉はいい男だったと思う。温厚《おんこう》で、女房思いで、文吉に巡り会えたおりょうは幸せだったし、「わるいことは言わないから、文さんの女房におなり」と言ってくれた袋物問屋の主人夫婦にも感謝している。おりょうも精いっぱい尽くしたと思うが、硯箱を捨てられなかった女房の気持に、文吉は薄々気づいていたのではあるまいか。

壮七郎の母の長患いを気遣った時、「お腹《なか》に子供がいるってのに、労咳の病人を見舞ってどうする」と言ったのは、文吉の生涯でただ一度の嫉妬だったような気がするのである。「労咳は、そばへ行っただけでうつる」と言訳のようにつけくわえていたのは、温厚な文吉が、嫉妬する文吉をうとましくなったからにちがいない。

文吉が他界する直前のことだった。おりょうは赤子のおさよを背負い、乳の出のわるくなるのを心配しながら、夜も眠らずに看病した。赤子と残される不安より、自分のそばから文吉がいなくなってしまうことがこわかった。が、文吉は、「少しは休みねえな」と笑い、礼を言って、「これからは好きに生きろよ」と呟くように言ったのである。

それが、壮七郎のもとへ行ってもいいという許しだったとは思わない。いや、文吉はそのつもりで言ったのだろうが、そう言ってくれた文吉の気持を思うと、文吉の気持には気づかぬことにしておくべきだと思っていた。

なのに、硯箱を行李から取り出した上、佐久間町まで行ってしまったのだった。母の病いのために子供達が集まらなくなり、家財道具を売り払ったあげくに芝へ越して行ったと聞けば、恋しい、なつかしいと思う前に、硯箱の恩返しをしたくなる。

そう言訳をして、芝へ二度出かけているのだが、おさよはまだ唇を尖らせていた。

「堪忍、おさよちゃん。長くかかるご用は、今日で終りにするから」

「ほんと」

ほんとだよと、おりょうは胸のうちで言った。ほんとうに、芝へ行くのは今日かぎりにしようと思った。

「それじゃ、おっ母ちゃんも行っておいでなさいまし。おさよちゃんの方が早く帰ってきたら、いつものようにお隣りで遊んでる」

おりょうは、いそいそと出かけて行くおさよを見送って、自分も出かける支度をした。最初の日は芝口《しばぐち》から宇田川町《うだがわちょう》あたりまでを探し、その次は大門《だいもん》周辺を探して急いで戻ってきた。手跡指南所は幾つもあり、なかには壮七郎と同じ年頃の男が男の子達に素読《そどく》を教え、その妻が女の子に裁縫を教えているところがあり、もしやと思ったのだが、訪れてみると、やはり別人だった。

おえんにおさよが帰ってきた時のことを頼んで、おりょうは早足になった。芝神明宮《しばしんめいぐう》の裏側となる森元町や飯倉町《いいぐらまち》へはまだ行っていないが、浜松町《はままつちょう》から金杉橋《かなすぎばし》を渡って、ぐっと海が近くなる金杉通《かなすぎどおり》や本芝《ほんしば》も探してみたかった。

が、探すのは今日一日とおさよに約束した。下谷と芝は江戸のはずれとはずれで、今日一日で両方を探しまわるのはむずかしい。それどころか、金杉通と金杉裏を探しているうちに、下谷へ戻る時刻となってしまいかねなかった。

おりょうは、立ちどまって目を閉じた。開いた時に目の前を通りすぎた人が男であれば森元町と飯倉町を、女だったら金杉通と本芝を探そうと思った。

広小路の人通りの多い道だった。手代風も職人風も、行商も僧侶もみな男で、目をつむる前は神明宮の裏側の方へ行くことになるだろうと思っていた。なんとなくだが、神明宮の裏側にひっそりと、壮七郎の稽古場はあるような気もした。

が、目を開けると、商家の娘が女中を連れて、すぐ目の前を通り過ぎるところだった。

文吉のやきもちかもしれないと思った。やきもちかもしれないと思いながら壮七郎を探しに行くのはためらわれたが、やはり、先日と同じように足が動き出していた。金杉通と金杉裏と、できれば本芝を探して、もし会うことができなかったならば、硯箱は油《あぶら》紙《がみ》で包みなおして、行李の底に入れてしまおうと思った。

御門のある筋違橋《すじかいばし》を渡り、神田須田町《かんだすだちょう》から日本橋、京橋、新橋から金杉橋までの道は、江戸の大通りと言ってよいかもしれない。暮れ六つの鐘が鳴っても人通りは絶えず、おりょうは歩いたことがないが、夜更けても蕎麦売りの明かりが見えるなどして、人の気配のなくなる時の方がめずらしいらしい。

小間物問屋や紅白粉問屋《べにおしろいどんや》のならぶ一劃《いっかく》を過ぎ、神明宮への参道があるひときわ賑やかなところを過ぎると、さすがに人通りは少なくなった。漁を生業《なりわい》とする家の干網《ほしあみ》だけではなく、川も風も潮のにおいをはこんでくる橋を渡ると金杉通だった。一丁目の左側に自身番屋があり、おりょうは、迷うことなくその中へ入って行った。

書役《かきやく》らしい男が、文机《ふづくえ》に肘をついて居眠りをしていた。将棋をさしているのは、家主のかわりに番屋に詰めている差配達だろう。家主が町内に住んでいないこともあり、ほとんどの番屋には、店賃を集めるなどの役目をひきうけている差配が詰めている。

「あの、ちょっとお尋ね申しますが」

将棋をさしている二人も、将棋盤を横から眺めていた二人も、一様に上目遣いでおりょうを見た。

「あの、このあたりに、上宮壮七郎様といわれるお人はお住まいでございましょうか。おいでならば、子供達に学問を教えていられると思うのですが」

思いがけない答えが返ってきた。四人が、ことによると居眠りから目を覚ました書役までが、口を揃えて「いなさるよ」と言ったのである。

大勢の子供が出入口から飛び出してきた。みな、手習い草紙を下げている。なかには、かつておりょうが使っていたような反故紙《ほごがみ》を綴《と》じたものを下げている子もいたが、小石を蹴ったり、友達の頭をうしろからそっと突ついたり、なかば遊びながら帰って行く子供の数は、二十人より少ないことはないだろう。

番屋の差配達が教えてくれた、金杉裏の仕舞屋の前だった。決して大きな家ではなく、しかも平屋だったが、おそらく子供達が帰ったあとの稽古場が住まいとなっているのだろう。

わたしが心配することなどなかった。そう思った。母親が労咳という噂に悩まされ、家財道具を売って暮らしていた壮七郎は、金杉裏へ越してきて、また大勢の子供達を集められるようになっていたのである。おさよと細々と暮らしているおりょうの助けなど、まったく必要としていなかったのである。

ばかだった、わたし。

いつまでも二十一、二歳の爽やかさを保てないのが事実なら、いつまでも弟子のいない師匠でないのは当り前のことではないか。おりょうが壮七郎の存在なしで暮らしていられたように、壮七郎も、おりょうなど忘れて暮らしていたのだろう。

「あの、何かご用でございますか」

出入口の横に立ち尽くしていたおりょうを不審に思ったのだろう。背の高い女が声をかけてきた。三十路《みそじ》に入ったか入らぬかくらいの年頃で、少し大きな風呂敷包みをかかえている。

子供達に顔を見られたくなくて、おりょうは出入口に背を向けていた。女は、その出入口から出てきたにちがいなかった。

「いえ、あの、道を間違えてしまったのかもしれません」

おりょうは、あわてて家の前から離れた。女は怪訝《けげん》な顔をしたが、おりょうを呼びとめはせず、金杉川の方へ歩いて行った。壮七郎に頼まれて、浜松町の方へ行ったのだとおりょうは思った。

もうおりょうの出る幕はない。おさよに淋しい思いをさせ、あの世の文吉に言訳をして、江戸のはずれからはずれへくることなどなかったのである。

「おや。お前さんは、さっきのお人じゃねえか」

先刻の女との距離をあけるため、おりょうは二丁目まで歩いて角を曲がり、金杉通を川へ向かってきたのだが、自身番屋の前に、将棋をうっていた差配が立っていたのだった。

「どうしなすった。上宮先生に会えなかったのかえ」

「いえ、場所がよくわからなくって」

「まさか。このちょうど裏側だもの、わからねえことはねえと思うがなあ」

「すみません」

「いいよ。俺が連れてってやる」

断る理由が見つからなかった。番屋の中へ入って、上宮壮七郎という人に心当りはないかと尋ねているのである。理由の見つからないのは当り前だろう。

四十がらみの差配は、番屋の仲間に声をかけて歩き出した。差配の言う通り、金杉通一丁目の角を曲がれば、その裏に金杉裏一丁目があり、壮七郎の家がある。見覚えのある出入口が見え、居残りだったらしい子供がそこから出てきて、おりょうは、もうわかったからと差配に帰ってもらおうとした。

が、声をかける前に差配が走り出した。走り出して、出入口の中へ入って行き、「上宮先生、お客様だよ」と声を張り上げた。

まだ記憶にある壮七郎の声が、「かたじけない、今出て行く」と言った。差配はおりょうをふりかえって、「もう間違いなく会えるよ」と笑った。番屋の中へ入った時、おりょうは、よほど思い詰めた顔をしていたのかもしれなかった。

おりょうは格子戸の外に立った。おりょうが壮七郎に会わねばならぬ理由は何もなかった。

足音がした。草履をはく音もして、出入口の三和土《たたき》に降りてきた筈だった。格子戸の向こうに立っているにちがいないのだが、足音の主も黙っていた。

おりょうは、思い切って顔を上げた。上宮壮七郎が立っていた。三十八か九か、薄い皺のきざまれた額や、少々恰幅《かっぷく》のよくなった軀つきに年齢の重みが出ていたけれど、そのかわりに母を看病していた時の汚れた感じはきれいに消えて、むしろ夢にあらわれた人に近い壮七郎が立っていた。

「ま、上がれ」

壮七郎は、おりょうから目をそらせて言った。おりょうはかぶりを振った。

「奥様がお帰りになるといけませんから。わたし、お師匠さんのお元気なお姿を見られただけで、もういいんです」

「八重に会ったのか」

壮七郎は、苦い笑いを浮かべた。

「あれは、家を出て行った。今日は、去《さ》り状《じょう》をとりにきたのだ」

まさか——という言葉は、唇の外へ出てこなかった。

「庭先から文字を習っているところを見るだけでよいから、中へ入れてくれと言う子がいてな。それほど学問が好きならと、束脩をとらずに文字を教えてやることにしたのだが、それを聞きつけた親達が、うちの子にも、うちの子にもと言ってきてな」

二十人あまりいる子供のうち、半数足らずの子が、束脩をおさめずに学んでいるのだという。

「百姓は菜を、漁師は魚を届けてくれるから命はつなげるが、ま、楽ではない。八重は、それが気に入らずに出て行った」

おりょうは、出入口の中に入って格子戸を閉めた。壮七郎はその場から動かず、中に入ってきたおりょうを抱きとめた。

どうしてこんなにいい人なのだろうと、おりょうは思った。おりょうのように、壮七郎から硯や筆をもらった子もいるにちがいないが、おりょうはその子に壮七郎を渡さない。その子が壮七郎を好きだと言ってもゆずらない。

文吉が脳裡をよぎった。おりょうを待っているおさよの顔も浮かんだ。が、今のおりょうにできるのは、壮七郎にすがりついて泣きじゃくることだけだった。

冬隣
ふゆどなり

目が覚めた。

ぐっすりと眠れぬ時に寝返りをうつことはあっても、仰向けになることはない。左頬を下にしている背後に人の気配があった。

驚いて跳び起きようとする軀を、背後にいた者が押えた。あきらかにつめたい女の手であった。

誰であるか、すぐにわかった。おもんの一件が露見してから、夜の部屋を別にするのは無論の事、三度の食事も洗濯の盥《たらい》も、おそらくは食器を洗う桶もすべて別にしている女房のお孝《こう》にちがいなかった。顔すら合わせぬようにしていても、忠右衛門《ちゅうえもん》二十二歳、お孝十八歳の時に所帯をもち、おもんの一件が露見してからの二年をのぞいて十六年もの間、仲のよい夫婦でいた記憶は、頭ではなく、軀に残っているのかもしれなかった。

忠右衛門は、手を払いのけて寝床の外へ転がり出た。ふりかえると、やはりお孝が半身を起こし、うらめしそうな顔をして忠右衛門を見つめていた。

「何の真似だ」

言ってはいけない言葉だとはわかっていた。おもんとの三年におよぶ浮気が露見したあと、おもんがこの家に押しかけてくるようなことがあって、近頃のお孝は去り状を書いてくれと毎日のように迫っていた。

が、忠右衛門は、頑として書かなかった。家へ押しかけてきたおもんの形相《ぎょうそう》を盗み見て、それまでの思いが急にさめてしまったのだが、そうなってみると、ほんとうにおもんを恋しいと思っていたのか、その自信すらなくなってしまったのだ。

自分は、おもんの白い肌だけが好きだったのではないかと思うようになったのである。言葉遣いは乱暴だが、話しかければ気のきいた答えが返ってくるし、勘定も早い。顔立ちにも愛嬌がある。可愛いと思っていたのが、気のきいた返事はいつも同じ、勘定の早さも桁《けた》の小さいものだけとわかると、あとはおもんをうとましく思う気持が雪崩《なだれ》のように押し寄せてきた。

十組問屋《とくみどんや》の寄合がふいに中止となり、おもんの家をひそかに訪れる絶好の機《おり》に恵まれた時、茶の間にとりこんだ洗濯物がちらかっていたのを、なぜだらしないと思わなかったのだろう、女が髪を洗うのは一仕事だとわかっているが、真夏に汗のにおいを髪油の匂いでごまかしていたのを、なぜ「ま、いいか」と思っていたのだろう等々、かぞえあげればきりがなかった。

わたしは、ずっとお孝を好いていたのかもしれない。

そう思い始めた頃に、お孝が去り状を書いてくれと言ってきた。書けるわけがなかった。朝、日覚めれば枕許にその日に身につけるものが用意されていて、半身を起こせばその気配にお孝が部屋へ入ってくる暮らしが、なつかしくてたまらなくなっていた時でもあった。

が、いきなり忠右衛門の寝床に入ってきたのには驚くほかはない。今日も、お孝とまったく顔を合わせることなく日が暮れた。昼は奉公人達と一緒に、夜は女中のおつぎの世話で一人きりの食事をすませ、襦袢の汚れを気にしながら寝床へ入ったのである。晩酌の量がふえたことや、反対に食事の量が減り、一日でそれとわかるほど痩せたことなど、おつぎが知らせていると思うのだが、お孝の反応はまったく伝わってこなかった。

「いきなり、驚くじゃないか」

「そうですか」

ひややかな声が答えた。

「まだ夫婦だと思っておりましたので」

忠右衛門は口を閉じた。何と返事をしてよいのかわからなかった。去り状を書いてくれと言っているのは、お孝の方ではないか。

「夫婦なら、こういうことがあってもよいと存じますけど」

「汚れた襦袢を着せておいてもか」

「おつぎに、旦那様にはいつも綺麗なものをお着せするようにと言いつけております」

「そんなことが女房の役目だというのか」

争ってはいけない、声を荒らげてはいけないと、忠右衛門は自分に言い聞かせた。忠右衛門は別れたくないが、お孝は、去り状を書けと言っているのである。

日高屋《ひだかや》は五代つづく紙問屋で、屋号を言えば「あの通一丁目《とおりいっちょうめ》の」とうなずいてもらえるほどだが、家はさほど広くない。お孝を呼ぶ女中のおつぎの声が聞えることもあって、お孝は居間にとじこもっているわけではないようなのだが、見事に忠右衛門を避けている。去り状を書いてくれというのも、おつぎにそう書いた紙を持たせて寄越すのである。

鉤《かぎ》の手の廊下で出会ったこともないし、忠右衛門が庭に降りている時に枝折戸《しおりど》から姿をあらわしたこともない。つい先日、十五になる伜《せがれ》の宗太郎《そうたろう》が、仕事を覚えさせるために奉公に出した店から帰ってきて、お孝は、日高屋の跡継らしい衣服を整えるのに夢中になっているらしいのだが、宗太郎に話しかけている声が聞えて居間を出ても、廊下に立っているのは宗太郎一人なのだ。

が、今の忠右衛門に、お孝と別れる気持はまるでない。

「すまない、大きな声を出して」

返事はなかった。

「だが、お前はわたしを嫌っているんじゃないのか」

お孝は、横を向いたままだった。

「こんなありさまで、抱けるわけがないじゃないか」

「では、去り状を書いて下さいますか」

「いやがらせか、これは」

お孝の大きな目が忠右衛門を見た。

「やっぱり」

その先の言葉は飲み込んでしまう。

「やっぱり、何だ」

「やっぱり、そんな風にしかうけとって下さらないのですね」

「うけとるもうけとらないも、昼のうちはまるで顔を合わせずにいるのに、いきなり寝床へ入ってこられて、驚くなと言う方がむりだろう」

「わかりました。申訳ないことをいたしました」

おそらくはわざとだろう、お孝は、深々と頭を下げて立ち上がった。夜具に足をとられたのか、よろけて裾が乱れた。太腿までは見えなかったけれども、ふくらはぎが見えた。

忘れた筈のおもんの姿が目の前を通り過ぎた。

五年前、十九のおもんに出会った時、お孝は三十一だった。老け込む年齢ではないし、通町小町《とおりちょうこまち》と呼ばれた面影も残ってはいた。が、三番目の子が病弱で、今日は起きていても明日は床についているというありさまだったため、看病でやつれきっていた。去年嫁いで今年十七になるおなみと、十五の宗太郎から少し離れて生れた子で、生きていれば九つになる。

生れつき病弱だったせいか、母親から離れようとしない娘だった。五つになっても、乳をせがむ時すらあった。お孝も、病弱に生んだのはわたしのせいだからと、せがまれるままに乳を含ませていた。

今になれば、お孝の気持も、ほとんど家の外で遊んだことがないままあの世へ旅立った娘のおしずの気持もわかる。もう少し商売を忘れ、娘のおしずを抱いていてやればよかったとも思うが、当時は、九つのおなみや七つの宗太郎と同じように、おしずにかかりきりのお孝に、少しはこちらにも気を遣ってくれとむりを言ったものだった。

お孝は、いつもおしずの手をひいていた。むずかれば抱き、熱を出せば枕許から離れなかった。おしずがひきつけを起こせば、手代が呼びに行った医者がくるまで、泣きながらおしずの手を握りしめていた。ひきつけを起こした時は揺さぶるなという医者の指示がなければ、泣きわめきながら抱き上げて、家中を走りまわっていたにちがいない。お孝も、幼いおしずも、この世での縁の薄さを感じとっていて、おしずは母親にまとわりつき、お孝は娘を抱きつづけ、乳房を含ませつづけていたのだろう。

おしずが病床についたままとなり、他界するまでの約一年間、忠右衛門はお孝と寝間をともにしたことはない。おしずが一晩中むずかりつづけるので、眠ることができないのである。

忠右衛門には仕事があるからと、お孝がおしずを抱いて別の部屋に移ったのだが、お孝が店で帳簿を繰ることはないとはいえ、おしずは昼間もひきつけを起こす。お孝が眠るのは、おしずが眠った時のわずかな間だけだったようで、やつれるのは当然だった。

その時も、やつれるのは当然と忠右衛門は思っていた筈だった。お孝一人に苦労させてすまないとも思っていた筈だった。自分達の面倒もみてくれとすねる宗太郎やおなみを、「具合がわるいのは、お前達の妹だろう」と叱ったこともあったのである。

叱ったこともあったのだが、自分の用事を言いつけて「すみませんが、おつぎに頼んで下さい」と言われた時に、舌打ちをしたこともある。その舌打ちが、「お孝も薄汚れたな」という気持に変わったのはいつのことだっただろう。

神田明神の矢場にいたおもんが、はじけるように美しいと思えたのは、おそらくそのせいだろう。確かに色白で、縹緻《きりよう》のよい女ではあったが、今思えばお孝を離縁し、日高屋の内儀に据えていい女ではなかった。一時は、やつれたお孝を見るのがいやになって、お孝を見ていると気が滅入る、気が滅入れば商売に差し支えると離縁を考えたこともあったのだが、あれはいったい何がそうさせたのだろう。

「お孝」

お孝は、唐紙を開けて部屋から出て行くところだった。

「明日は襦袢を取り替えてくれ」

「おつぎに言いつけて下さいまし」

お孝は、ひややかな声で答えて唐紙を閉めた。


すまない。気の迷いなんぞという言訳で許してもらえるとは思わないが、ほんとうに一時の気の迷いだったんだ。許してくれ。

あの時、忠右衛門はそう言って、お孝の前に両手をついた。許す気はなかった。許す気はなかったが、許さなければ日高屋にいることはできない。

実家《さと》の両親は、帰ってこいと言っていた。一部始終を打ち明けた仲人も、そこまで辛抱したのならもういいと言ってくれた。が、お孝は、別れぬ方を選んだ。いや、忠右衛門と別れぬというより、日高屋に残ることを選んだと言った方がよいかもしれない。

お孝の一番の気がかりは、せっかくまとまったおなみの縁談がこわれることだった。おなみには昔、鉄物問屋《かなものどんや》の伜にという話があって、ほぼきまっていたのだが、その直後におかしな噂を耳にして、忠右衛門が破談にした。それ以来、これといった縁談がこなかった。お孝がおしずの看病に追われて、おなみまで手がまわらなかったこともある。おなみに醬油酢問屋の上総屋《かずさや》から縁談があったのは、おもんが日高屋へのりこんでくる三月《みつき》ほど前のことだった。

上総屋の倅が、店の前で小僧に注意をあたえていたおなみを見染めたといい、その後、町役や出入りの鳶《とび》の者がそれとなくおなみの評判を聞き歩き、上総屋の主人夫婦も乗気になったという。

「日高屋さんのお名前は上総屋さんもよくご存じだったのですが、あんなに美しいお嬢さんに、ええと、あの、なぜ許婚者《いいなずけ》がいないのだろうと少々気になりなすったようでございまして」

と、仲人を頼まれた町役は、汗を拭きながらおなみの周辺を探った言訳をした。お孝は、それを不快に思うより、おなみの周辺を探っているうちによくおもんに行き当らなかったものだと、ほっと胸を撫でおろしたものだった。当時、おもんは日高屋にごく近い稲荷新道《いなりじんみち》に空家を見つけ、引っ越してきていたのである。

縁談はまとまった。鉄物問屋で懲りていた忠右衛門が、多少上総屋の周辺を探らせたようだが、倅は商売熱心な若者だと、評判は上々だったらしい。

おもんが店に駆け込んできたのは、その数日後だった。忠右衛門がおなみの縁談に気をとられて、まるで稲荷新道へ足を向けなかったことが気に入らなかったようだった。

「何だい、人に商売をやめさせせときゃあがって」

おもんは、店に駆け込むなりそう叫んだそうだ。何人かの取引先もいたそうだが、遠慮する気などなかったのだろう。外へ連れ出そうとする手代や番頭の手を振り払い、嚙みついて、なおも叫びつづけたという。

「わたしゃ、神田明神の矢場の稼《かせ》ぎ頭《がしら》だったんだ。この店の主人だっていう忠右衛門が、頼む、女房になってくれと泣きついたから、どうぞ、俺の女でいてくれという大勢の男をふりきって、稲荷新道へ引っ越してきてやったんだ」

お孝が店の騒ぎに気づいたのは、外へ放り出されたおもんが、また店へ戻ってきて「忠右衛門を出せ」とわめいている時だった。忠右衛門は二階で取引先に会っていたようで、苦笑いを浮かべたにちがいない取引先の視線につめたい汗を浮かべながら、騒ぎの鎮まるのをひたすら待っていたにちがいない。

おもんは手代達に押えられていたが、「日高屋のお内儀様に何をするんだよ。手前等《てめえら》は奉公人じゃねえか」とわめきつづけていた。

知らせる者がいたのだろう、自身番屋から書役《かきやく》や当番の者が駆けてきた。通行人達も足をとめ、店の中をのぞき込んでいた。お孝は番頭に目配せをして、おもんを住まいの方へ連れて行かせた。外へ放り出せば「矢場をやめてやったのに、女房にしないのか」

とわめきつづけるにちがいなく、たちのわるい岡っ引が飛んでくる前に、店先での騒動は終りにしてしまいたかった。

「お前さんが、今のお内儀かえ」

と、お孝の居間に腰をおろしたおもんは、無遠慮にお孝を眺めまわした。居間へ連れて行くのは気がすすまなかったが、といって客間へ連れて行くわけにはゆかず、女中部屋へ入れるのもためらわれて、結局自分の居間へ入れたのだった。

忠右衛門に女がいることも、それが矢場の女であり、近くへ引っ越してきたらしいとも勘づいていたが、顔を見るのははじめてだった。忠右衛門が惹かれるのだから、よほど美しい女なのだろうと思っていたが、正直なところ、どこがよかったのかわからなかった。色は抜けるように白いが、どぶのにおいがしみついているような気がしたのである。

「わたしがお出ましになったんだからね、明日《あした》っからとは言わない、今日からわたしがこの部屋の主《あるじ》だよ」

お孝に飛びかかるようなことがないようにと、一番若い番頭がおもんのうしろに坐っていたが、おもんはかまわずにお孝の手を引いた。席をかわれというのだった。番頭がおもんの肩を押えるより早く、お孝はその手を叩いた。

「それは、忠右衛門がきめることですよ。わたしはまだ、離縁するとは一言も言われておりません。わたしがこの家の内儀です」

「あの野郎」

おもんは、天井を向いて吠えた。

「あの野郎。お孝は離縁する、あれほどいやな女もいないと言っていたのは、どこのどいつだよ」

「騙されたのですよ」

と、お孝は言った。が、離縁すると一言も言われていないというのは嘘だった。忠右衛門に好きな女がいるらしい、女は神田明神の矢場の女のようだと気づき、当時はまだ生きていた姑に相談しようかと迷っている時に、忠右衛門が先手を打って、「別れてくれるか」という言葉を口にしたのだった。

矢場の女を後添いになさるんですかと、お孝は言った。

三十もなかばを過ぎた大店《おおだな》の主人が、そこまで女に迷われるのですか。

返事はなかった。お孝は、去り状はうけとりませんと、低いがきっぱりとした声で言った。

こんなことでわたしが離縁されたら、恥をかくのはお前さんです。お前さんに恥をかかせるわけにはまいりません。

やはり返事はなく、忠右衛門は苛立たしげに背を向けて部屋を出て行った。

「申訳ないことと思いますが、お前さん、お名前は何といいなさいましたっけね、え、おもんさんですか、おもんさんは忠右衛門に騙されたのですよ」

「いけしゃあしゃあと。よくそんなことが言えたものだ」

「お前さんがなさっていたことと同じじゃありませんか」

「何だって」

「とぎれとぎれに聞えたのですけれど、俺の女になってくれという大勢の男の方がいなすったんでしょう。その方達に、お前一人のものだと言いなすったことはないんですかえ」

「あるよ。当り前じゃないか、こっちは商売だよ」

「そうですか」

お孝は、うっすらと笑った。こんな女に夢中になった忠右衛門が情けなかった。

「では忠右衛門も、おもんさんの言いなすったことを商売だと思っていたのでしょう。忠右衛門は、おもんさんの商売の言葉に調子を合わせただけ、忠右衛門も商人《あきんど》ですから、それぐらいのことはできるのですよ」

「そうかねえ」

おもんは片頬で笑った。

「末の娘が病弱で、よく乳を吐いてしまうんだが、お孝には、そのいやなにおいがしみついてしまったような気がするんだと、ここの旦那は言ってたんだよ。吐いた乳のにおいのするような女は、どうもかなわんってね」

　何ですってと叫びたくなったのを、どれほどの力で抑えたことだろう。番頭の視線の行先をたどって、知らず知らずのうちに着物の膝を握りしめていたことに気づいた。あわてて指を開くと番頭と目が合って、番頭はぎこちなく目をそらせた。

　その後、おもんは若い番頭が部屋の外へ連れ出した。忠右衛門は、二階から降りてこなかったようで、おもんには一番番頭がいくらかの金を渡し、こんなことを繰返すなら強請《ゆすり》の罪で訴えると脅したらしい。そっちの暖簾にも傷がつくとおもんもすごんだというが、番頭は、少々の傷で屋台が揺らぐような店ではないと笑い飛ばしたそうだ。

「よく言ってくれましたねえ。忠右衛門もわたしも、おろおろするばかりで」

「いいえ、おかみさんは落着いてなさいましたよ。おかみさんを見て、わたしも落着いておもんと話をすることができたのですから」

　それにしても、忠右衛門は、我が子が吐き出した乳のにおいより、矢場の女のどぶのにおいを好んだのだろうか。

　我慢できなかった。おしずの死後、一緒にしていた寝間からお孝は出て行った。去り状を書いてくれるなら、うけとって出て行こうと思った。

　ただ、おなみは、両親がそろっているうちに嫁に出してやりたかった。宗太郎も、商売を覚えるための奉公から戻らぬうちに、母親が離縁されて家を出て行ったと言われては肩身がせまかろう。

お孝は、おなみの祝言《しゅうげん》を急いだ。忠右衛門は、「十七になってからでもいいじゃないか」と言っていたそうだが、知らぬ顔をしつづけた。どぶのにおいのする女を好み、もう軀の一部にそのにおいがうつっているかもしれぬ男からは、一刻も早く離れたかった。幸い、おなみは祝言の前に幾度か顔を合わせた上総屋の伜に強く惹かれてゆき、忠右衛門から「あまりのぼせるな」と注意されるほどだった。祝言の前にはさすがに両親のそばにいられなくなるのがこわくなったようで、「お嫁入りをやめにすることはできないかしら」などとつぶやいていたが、今は舅《しゅうと》夫婦にも可愛がられ、会うたびに太っている。

宗太郎も無事に奉公を終えて帰ってきた。番頭の話では、若いのに商売のこつのようなものをつかんでいて、これで日高屋も安泰であるという。

お孝は、のちの心配をせずに日高屋を出て行けるようになっていた。

去り状など、書いてくれなくてもいい。明日にでも家を出てやる。

そう思ったとたんに、あるとは思っていなかった気持がちらと顔を出した。

実家《さと》へ帰っても、去年、お父つぁんは隠居してしまったし。嫂《ねえ》さんは怒ったことがないというけど、それだけに底が知れないし。

そう考えると、実家へ戻る準備ができなくなった。家を出たあとのことが不安で、夜も眠れなくなった。いったん実家に身を寄せたあと、仕舞屋《しもたや》を借りて一人で暮らすつもりだったが、その暮らしのための金は誰に出してもらえばよいのだろう。裁縫、琴、御《お》家流《いえりゅう》の書《しょ》など、一通りのことは身につけているが、仕立て物をひきうけるほどの腕はなく、琴や書を人に教えるなど、考えただけでも胃の腑が痛くなる。

うとうとしては考え、考えてはうとうとしているうちに、気がつくとお孝はつめたい廊下に立っていて、自分でもそれとわかるほど思いつめた顔になって、忠右衛門の寝間へ入って行ったのだった。

わかりましたと言ったではないか。

そう思う。

おもんが乗り込んできた時、忠右衛門は二階で雁皮紙《がんぴし》の仕入れについて取引先と話していた。日高屋は、表具《ひょうぐ》の絹地から水引《みずひき》の類《たぐ》いまで幅ひろくあつかっているのだが、総じて仕入値が上がっていて、頭を悩ませていたところだった。

「この店の主人だっていう忠右衛門が、頼む、女房になってくれと泣きついた」とおもんがわめいた時、「いろいろと大変ですなあ」と意味ありげに笑った取引先の顔が、いまだに忘れられない。泣きついたわけでも頭を下げて頼んだわけでもなく、おもんが嫁にゆくと言ったので、「もう少し待っておくれ、わるいようにはしないから」と言っただけなのだが、おもんは言質《げんち》をとったような気持になっていたのだろう。

迂闊《うかつ》なことを言ったと思う。おもんの「わたし、お嫁にゆく」は、忠右衛門から「待ってくれ」とか「わるいようにはしない」という言葉を引き出すための嘘だったのかもしれないのである。今になれば、考えなくともそれとわかるが、当時は、おもんという女にみっともないほど夢中だった。いい年齢《とし》をして、砂利の中の玉にめぐりあったのだと思っていた。

おもんにも、似たような気持があったにちがいない。忠右衛門は矢場へ入ったことがなく、神田明神へ出かけた時に矢場へ出入りする男達を見ていたことがあるだけだが、遊び人のような者が多かった。おもんの話では、雨の日に仕事がなくなった職人達、たとえば大工や左官なども遊びにくるそうだが、ほとんどが暇つぶしであるという。「江戸は女が少ないっていうけど、腕のいい職人には、堅気の娘が惚れてくれるからね」と、おもんは自嘲するように言っていた。

だから、おもんが自分にすがりついてきた気持もわからないではない。忠右衛門はおもんにとって、砂利の中の玉だったのである。

おもんに出会ったのは、近いところだからと小僧を連れずに出かけ、鼻緒が切れてしまった時だった。鼻緒をすげようとして裂いた手拭いが思うようにならず、下駄を地面に叩きつけた忠右衛門を見て、声をあげて笑っていたのが、おもんだった。

「不器用だねえ」

と、おもんは言って、わけもなく鼻緒をすげてくれた。お礼に饅頭を買ってくれというので、菓子屋まで一緒に歩いて行ったことがきっかけで、ひそかに会うようになったのだが、おもんに言わせると、「ちゃんとした人とつきあうのははじめて」だったそうだ。

「だからさ、嬉しいんだ」

すれっからしと思っていた女の口から出た、意外な言葉だった。その時は、人目もかまわず抱きしめてやりたいほどいじらしく思えたものだ。

おもんがのりこんできた時、忠右衛門は、夢中で階段を駆け降りた。取引先が、「旦那様はお顔を出さない方がよろしいんではないですか」ととめていたような気がするが、彼と向かい合ってなどいられなかった。店への仕切りとなっている暖簾の前に番頭が立っていなかったなら、そのまま店へ走り出ていただろう。

暖簾の間から、わめきつづけているおもんが見えた。あれほど可愛い、色香があると思っていたおもんが、夜叉《やしゃ》のように見えた。

男の気持などは勝手なものだと、忠右衛門自身が思う。

可愛いおもん、いじらしいおもんと思いつづけていた気持の間に、ほんの少し隙間ができたのは、おなみの縁談がきまり、嫁入り道具について、おつぎがお孝のことづけを持ってきた時だった。

いそがしさにかまけて、三月《みつき》もおもんの家へ足を向けず、逆流していたような血が少しおさまっていたのかもしれない。おもんの年齢が、おなみと幾つもちがわぬことに、あらためて気づいたのである。

おそらく、その翌日だっただろう。店から居間に戻ったのを見ていたらしいおなみが、そっと障子を開け、するすると入ってきて忠右衛門の前に坐った。

「お父つぁん、おっ母さんを大事にしてあげて下さいね」

おつぎが茶をもってきたせいもあるのかもしれないが、おなみはそれだけ言うと、またするすると部屋を出て行った。

おつぎを下がらせて茶を飲みながら、忠右衛門は、大事にしてくれなかったのはお孝の方だと苦笑した。おしずをお孝にまかせきりにするつもりはなかったのに、お孝はおしずを離そうとしなかった。忠右衛門のこともおなみや宗太郎のことも、あとまわしと言うより気にかけてくれず、お孝の一日はおしずだけで費やされていたのだった。

が、おなみも、藪入りで帰ってきた時の宗太郎も、自分達が「おしずなんか放っておいて」と駄々をこねたことなど忘れたようで、「あの時のおっ母さんは大変でしたねえ」などと言っているのである。

　忠右衛門は、友人の一人が「父親は損だ」と嘆いていたことを思い出した。娘が高価な簪《かんざし》を、「おっ母さんに買ってもらいました」と見せにきたというのだった。

「わたしが奉公人達が寝たあとも、帳面を見るなどして稼いだ金なのですがねえ」

　居合わせた者達は皆、その男の嘆きにうなずいたものだった。子供との関係は、どうしても父親の分がわるい。ましてや忠右衛門は「おっ母さんを大事にしてあげて下さいね」と言われているのである。娘にとって、お孝がおしずにかかりきりだった時は「おっ母さんが大変だった時」になっているのであり、その裏には、「それなのにお父つぁんは」という気持があったにちがいないのだ。

　あれで気持が萎えた。そう思う。おもんの存在が、鬱陶しいようにさえ思えてきたのだった。

　おもんは忠右衛門の気持を敏感に感じとった。感じとって店にのりこんできたが、忠右衛門の目をふたたびおもんへ向けるどころか、そむけさせてしまった。しかもあの時、店先から自分の居間へおもんを連れて行くお孝に妙に心が動いた。

　恋しいとか、愛しいとかいう気持とはちがう。なつかしいと言えばよいのだろうか。長い間探していた失せ物が見つかった時の気持にも、似ているかもしれない。

　おもんへの気持は何だったのかと、忠右衛門はうろたえた。うろたえて、うろたえつづけていたままでお孝の前に手をついた。

「すまない。気の迷いなんぞという言訳で許してもらえるとは思わないが、ほんとうに一時の気の迷いだったんだ。

「ずいぶんと長い気の迷いですね」

と、お孝は言ったが、ややしばらくのちに「わかりました」と言った。

「わかりました。わたしにもわるいところがあったのかもしれません」

おもんとの経緯《いきさつ》は、すべて打ち明けた。すべて打ち明けて、「すまない」と両手をついたのである。それで、すべてが終ったと思っていた。

だが、お孝は、おしずの具合がわるくなった時のように寝間を別にした。「わかりました」と答えながら、着替えを手伝ってくれぬどころか、着替えの用意さえしてくれないのである。おつぎを通して、大事な客と会う時くらい、出かける準備をしてくれないかと頼んだのだが、翌日、おつぎが襦袢やら足袋やらをかかえて居間へ入ってきて、「わたしがいたします」と言った。

詫びてから数日後に、おもんと会ったことを怒っているのではないかと思う。ほかに心当りはない。そのことについても、おつぎを通してだがお孝の諒解を得ているのである。

おもんとの経緯《いきさつ》は、洗いざらいお孝に話した。言い換えれば、おもんがお孝には知られたくないと思っていたかもしれないことまで、お孝の耳に入れてしまったのだ。それでおもんに知らぬ顔では、あまりにもおもんが可哀そうだろう。

手切れ金は番頭が持って行くと言ったが、忠右衛門は、自分で持って行った。おもんは、稲荷新道の仕舞屋で、雨戸を閉めたまま寝床に入っていた。

「こういうことになった。お前にはすまないことをした」

「てやんでえ。金はいくら持ってきた」

金額を言うと、「いいよ、それで」という、くぐもった声の答えが返ってきた。

「金を置いて、さっさと帰んな」

「大丈夫か。具合がわるいんじゃないのか」

「それを、よけいなお世話ってんだよ。具合がわるいって言ったら、お粥でもつくっていってくれるのかえ」

すまないともう一度言って、忠右衛門は日高屋へ戻った。それ以来、おもんには会っていないし、おもんから会ってくれという連絡がきたこともない。

それでなぜ、終りにならないのか。なぜ、お孝は去り状をくれと言いつづけているのか、いや、それよりもなぜ、寝間へしのんできたのだろうか。

多分、と忠右衛門は思った。多分、お孝は忠右衛門の気持を試しにきたのだろう。驚くかわりに抱きしめていれば、お孝は、家を出て行くのをやめようと考えていたにちがいない。

終りだな。

そう思った。

騒動を起こしたのもわたし、せっかくのお孝の気持を踏みにじったのも自分。自分が終りを呼び寄せてしまった。

お孝を見染めた時が春なら、おなみや宗太郎が生れて賑やかになった頃が夏、それからは秋だ。去り状を渡さなくても、お孝はこの家を出て行くだろう。そのあとは冬だ。冬はすぐ隣りまできている。

早めに宗太郎に跡を継がせ、隠居をしたあとはお孝と遊山に出かけたり、茶や書を楽しんだり、二度めの春を楽しみたいと思っていたのだが、まもなく忠右衛門に訪れる冬は、春と交代することを知らないかもしれない。

おつぎを呼ぶお孝の声が庭から聞えてきたが、忠右衛門が居間の障子を開けた時には、どこかへその姿を隠してしまうにちがいなかった。

忠右衛門は、まだおつぎを呼んでいるお孝の声を聞きながら、しばらく障子を開けずにいた。

忠右衛門が、障子の向こうに立ったのは気配でわかった。これまでは枝折戸の向こうに隠れてしまったのだが、お孝は、花鋏《はなばさみ》を持ったまま庭に立っていた。軽い音をたてて障子が開いた。いる筈がないと思っていたのだろう、忠右衛門はお孝を見てたじろいだようだった。

が、先に目をそらせたのは、お孝だった。忠右衛門が障子を開けるとわかっていても動かなかったのは、自分の気持を確かめたかったからだった。

お孝は、忠右衛門に愛想をつかしていた筈であった。おもんのにおいがうつっているにちがいない忠右衛門などからは、一刻も早く離れたいと思っていた筈であった。なのに、お孝は忠右衛門の寝間にしのんで行き、忠右衛門がお孝の手を払いのけたのである。冗談ではない。これでは立場が逆ではないか。わたしはなぜ、この男の寝間へしのんで行ったのだろう。

お孝は、黙って踵《きびす》を返した。枝折戸の陰に入ったのだった。忠右衛門の溜息《ためいき》が聞えたような気がしたが、障子を閉める音は聞えてこなかった。

わたしはあの人を許してないと思った。わたしの目には、まだ穢《きたな》らしく見えるとも思った。それなのにあの夜、お孝は、ふいに忠右衛門にすがりつきたくなったのだった。

わたしはお前さんと別れたいの。鬱陶しいことからきれいさっぱり縁を切って、一人でのびのびと暮らしたいの。でも、実家《さと》へはもう帰れないし、一人暮らしを支える内職もできそうにない。ねえ、わたしはどうしたらいいの。

そう言って忠右衛門の胸を叩き、思いきり泣きたかったのだ。自分でも理解できない、それも始末に負えない気持だった。お孝は、その気持を抑えようともせずに、夜は冷えてつめたい廊下に出たのだった。

それこそ、わたしの気の迷いだったのかもしれない。

そう自分に言い聞かせ、去り状を渡されなくとも出て行く決心をしたところで、おもんに会った。家にこもっていると肩が凝ってくるような気がして、町内を一まわりして帰ってくると、おもんが用水桶の陰に蹲《うずくま》っていたのだった。

「呼んであげましょうか」

と、お孝は言った。忠右衛門が出てくるのを待っているのだと思ったのだ。おもんは、首をすくめて笑った。

「おかみさんが呼びに行って、旦那がのこのこ出てくるわけがないだろう」

「でも、約束があるんでしょ」

「ばかなことを言うんじゃないよ。旦那は、わるかったと手をついてあやまったんだろ。女房にあやまった男が、昔の女がきているからって、会いに出てくるわけがないじゃないか」

「それじゃ、どうしてここにいるの」

「眺めるくらいはいいだろう」

お孝は口を閉じた。思いがけない気持が噴き出したのだった。嫉妬だった。用水桶の陰に蹲って忠右衛門が出てくるのを待ち、その姿を見て帰るなど、お孝にはとうていできなかった。みっともないと思う気持が先に立ち、会いたい気持を抑えてしまうにちがいなかった。

その上、おもんは若かった。矢場で飲まねばならなかった泥水のせいだろう、どぶのにおいがすることに変わりはないが、一番の長所である色の白さで肌は滑らかに輝いているし、べったりと蹲っていても、手もつかず、よろけもせずに、すっと立ち上がれるのである。

わたしだって若い頃は、と思った。おしずの看病で若さも精《せい》も根《こん》も使い果たしてしまわなければ、とも思った。だが、明日にも日高屋を出て行くつもりなら、おもんと張り合うのは無意味であり、おもんが後添いとして入ってこようとかまわない筈であった。それなのに忠右衛門を渡したくないと、決して激しくはない、言ってみれば焚火の燃え残りのような炎が揺らめくのである。

「眺めるのなら、どうぞ中へお入りなさいまし」

と、お孝はおもんに言った。声は震えていなかったと思うけれど、わたしが女房なのだという高みから出た言葉ではなかった。

「やだよ」

と、おもんは言った。

「わたしゃ、旦那を見るだけでいい」

「だから、中でゆっくりご覧なさいな」

「やだね」

おもんは、お孝をばかにしたように横を向いた。

「言っとくけど、今はここのおかみさんになろうなんてえ気は毛頭ないんだよ。内儀にしろなんて言ってさ、ここへ乗り込んだことを思い出すと、恥ずかしくなるよ」

口を閉じたお孝に、おもんは、「安心しただろ」と言って笑った。

「ま、ちっとばかり未練は残ってるんだけどね。それもそのうち消えちまうさ。もっといい男が出てくるだろうから」

おもんは、裾についた土を払って立ち上がった。

「おかみさんに出会ったんで、ちっとばかり残ってた未練も消えそうだよ。どこかで何かが間違ってさ、わたしが日高屋のお内儀におさまったとしても、いずれ去り状を渡されると、はじめっからわかってたんだ。そりゃその時は、たっぷりおあしをいただこうと思ってたけど。ま、もう何かが間違うこともないだろうし、旦那にゃちょっかいを出さないよ。安心しな」

おもんは、お孝に背を向けて歩き出した。ここ数日の晴天と強い風で、道端にたまっていた砂埃を蹴り上げるように歩いて行ったのは、お孝に浴びせるつもりだったのかもしれなかった。

枝折戸へ、庭木のどこかにあったらしい枯葉が落ちてきた。我に返った。お孝は、そっと居間のあたりをのぞいた。忠右衛門は廊下に立っていた。お孝がふたたび顔を出すのを待っているのだろう。

「あの、昨日、おもんさんに会いました」

お孝は、忠右衛門が気づかなかったのを幸いに、また枝折戸の陰に隠れた。

「そうか」

思っていた以上に、忠右衛門の声は落着いていた。

「もうこないと言ったのじゃないかえ」

なぜおもんの気持がわかるのだと、また残り火のような炎が揺れた。

「その通りです」

「そうか、それを伝えてくれたかったのか」

「いえ」

お孝は、枝折戸の外へ顔を出してかぶりを振った。ひさしぶりに忠右衛門と視線を合わせたような気がした。

「あの、箱根の湯にでも行かせていただきたいと思いまして」

「急に何を言い出すんだ」

忠右衛門が鉤の手の廊下を曲がってきた。お孝は、また枝折戸の陰に隠れた。湯治《とうじ》に行こうなどとは、今の今まで考えてもいなかったことだった。

「供には、おつぎではなく、おちえを連れて行きますので、お前さんにご不自由をかけることはないと思いますが」

忠右衛門をおもんにとられたくはないのだが、忠右衛門とは少し離れていたい。いったい自分はどうしたいのか、忠右衛門のそばにはいられない、貧乏をしても一人暮らしをしようと思う気持が強くなるのか、忠右衛門と一緒に生きてゆきたいと思う気持が顔を出すのか、忠右衛門のいないところで考えてみたかった。

忠右衛門は、雪隠《せっちん》の近くにある踏石の下駄をはいたようだった。そのまま近づいてくるようなら店の外へ出てしまおうと思ったが、忠右衛門にも近寄れば逃げるとわかっていたのだろう。それ以上近づいてくることはないようだった。

「おつぎを連れて行ってもいいが、それより、手代を一人連れてお行き。道中は、その方が安心だ」

「有難うございます」

「ゆっくりしてくるがいいさ」

と、忠右衛門は言った。

「ほんとうはおしずが死んだ時に、わたしが湯治にでも行けと言わなければいけなかったんだ」

「いえ」

おしずが他界する頃にはおもんがいた。おもんがいようといまいと、おしずが生きている間は気にする暇もなかったが、他界したあとで湯治に行けと言われたなら、それが忠右衛門のやさしさから出た言葉であっても、留守の間に何をするのかと、お孝の方が夜叉になっていたかもしれない。

「お前が帰ってきたら、入れ替わりにわたしが出かけるよ。宗太郎とお前と番頭がいれば、店の方の心配はないから、わたしもいろいろな垢を落としてくるさ」

下駄の音が聞えた。下駄を脱いだのだった。忠右衛門は庭へ降りずに店へ戻ったようだった。手代の一人に、箱根へ行く支度をせよと言いつけに行ったのかもしれなかった。

お孝は、旅になど出たことがない。幾日も歩きつづけることを考えると億劫な気もしたが、箱根への旅だけは、冬がくる前に出かけねばならないと思った。

風鈴《ふうりん》の鳴《な》りやむ時《とき》

妹が生れた、と勝之助《かつのすけ》が独《ひと》り言《ごと》のように言った。へええ——と、おしんは口の中で返事をした。誰が吊したのか、風鈴《ふうりん》の音が低く聞えてきた。二十間川からようやく風が吹いてきたらしい。

深川永代寺門前から蓬萊橋《ほうらい》を渡ると、俗にあひると呼ばれている一劃がある。深川七場所のうちと言われてはいるが、あひるの語源は家鴨を食べるとあたる、そこの女を買って食べればわるい腫物ができるなどの食あたりをおこすからという説もあるほどで、客も主人から小遣いをもらった中間《ちゆうげん》などが多い。娼家はほとんど川沿いにならんでいて、はずれにある家の一間《ひとま》だった。

「妹だが、父親の違う妹だ」

勝之助は、投げ出した足の膝頭をうちわで叩《たた》きながら言う。七月の残暑で勢いを増したのか、おしんの耳もとでも蚊《か》がうなっている。

部屋の隅に畳んであった布団を敷き、枕も並べて形だけは整えてあるのだが、おしんは塗りのはげた鏡台の前に坐ったきり、化粧を直すでもなくうちわを動かしていて、立ち上がろうともしない。勝之助も鏡台脇の板壁によりかかったきりで、そろそろ小半刻《こはんとき》が過ぎようというのに、天井やら自分の指先やらを眺めている。

「誰が親父だか聞きたくねえのか」

「別に」

「聞いてみねえ」

おしんは、ひっそりと笑った。

「誰？」

「味噌問屋の番頭だよ」

「へええ」

「驚かねえのか」

「ありそうなことだもの。お旗本もお内証は苦しいっていうから」

「驚かねえ女だな」

勝之助も笑って、おしんを見た。

「二百五十石の奥方が味噌屋の子を生んだんだぜ」

「味噌代が払えねえと借りているうちに金子《きんす》まで借りるようになり、金を借りているうちに、気易くなっちまったってんだろう」

「ああ」

「売るものがあっただけよかったじゃないか」

「あったのは、奥方様の真《ま》っ白《ちろ》な肌だけだがな」

「何であろうと、売るものがあったんだからいいじゃありませんか」

「動じねえ女だな」

勝之助が面白そうに笑って、おしんは首をすくめた。

「重箱一杯三両のお鮨《すし》を食べさせてくれるって言われたら、びっくりしますけど」

「食わせてやろうか」

「勘当されちまったくせに」

「だから、多少の都合がつくんだよ」

ふうんという答えが返ってきた。やはり興味がないようだった。勝之助はおしんへ飛びかかるようにして、薄い床《とこ》の上に倒れた。

おしんはさからわない。この娼家の女なのだから当り前のことだが、ふいに興味が失せて、おしんの軀の上から寝返りをうった。

おしんは追ってこない。浪人者の娘だといい、蓮葉な感じはせず、縹緻《きりよう》もよいのだが、その割に客が少ないのは、投げやりとも思える態度のせいだろう。

二百五十石の旗本、小野寺兵庫の次男坊だった勝之助は、小遣い欲しさに浪人者の伜と嘘をつき、質店で帳付けをしていたのが父親に知られ、一月《ひとつき》ほど前に勘当を言い渡された。言い渡してくれなければ、自分から屋敷を出て行こうと考えていたところだった。妹が生れたとは、五つ年下の弟が知らせにきた。味噌の掛金が払えず、番頭の求めに応じたのだろうが、そんなことを表沙汰にできるわけがない。小野寺家の娘として育てねばならず、そのための金を少しでもと、十三歳の弟は、十三歳なりに考えて勝之助をたずねてきたようだった。

やむをえず、給金の前借りを主人に頼んだが、ままよと、一年分をそっくり借りた。ついでに母を見舞ってくると嘘をついて、あひるへきた。おしんとは、旗本の次男坊だった頃からの馴染みで、その頃は、旗本くずれやら御家人くずれやらの友人に、片端から金を借りていたものだ。賭場へ行けば負け、強請《ゆす》りには踏みきれぬ勝之助を、友人達は嘲りながらも、返ってきそうにない金を貸してくれていた。

「おしん」

勝之助は、うちわへ手をのばしながら叫んだ。

「お前《めえ》、お蓮ってえ女を知ってるだろう」

「お蓮ですって」

おしんの整った顔にはじめて表情らしい表情が浮かんだ。

隣りの部屋で物音がした。唐紙一枚で隔てられた部屋である。客があがったようだった。

芝宇田川町《しばうだがわちょう》の笹屋は、刺身の厚切りや照焼きの大きさで名を売った店であった。ひっそりと酒を飲んでゆく客もいないではなかったが、どちらかといえば、酔って皿や小鉢を叩きながら唄い出す客の方が多かった。小綺麗で騒々しくて、忙しい店だった。

三年前、おしんはその笹屋の女中だった。十五歳で、手跡指南所《しゆせきしなんじよ》の師匠だった父も母もすでに亡くしていたが、まだ笑うことを覚えていた娘だった。客の調子はずれな唄や軽口に、笑いころげていれば、自分も楽しいと知っていたのである。

もう一つ、楽しいことがあった。厚切りの刺身は腹がいっぱいになると時折昼飯を食べにくる大工が、お前《めえ》の笑い声を聞くとほっとすると言ってくれるようになったのだ。あの昼火事で父と母とを失って、ひとりぼっちになったおしんが生きてゆけるようにと、弟子の親が笹屋に住み込ませてくれた。十三歳だった。

笑うことを知っていたのと幼かったのとで、人に可愛いと思ってもらえたのだろう。女将はあかぎれのきれた手によく油薬を塗ってくれたし、板前は祝儀をもらうと「内緒だぞ、半衿でも買え」と小遣いをくれた。

が、おしんは何も買わなかった。半衿は女将が「お古だよ」と何枚かくれたし、板前も、「これ、ためていい」と尋ねたおしんにうなずいてくれた。

食べたいさかりだったが大福や団子には目をつむった。その金が、当時のおしんには縄暖簾がいつでも出せるほどたまったような気がしていた。

来年、十六になったら所帯をもたねえかと、大工が言ってくれたのはその頃だった。国松という男で、口数の少い男だったが、おしんの愚痴をいつまでも聞いていてくれるようなところがあった。

おしんが来年国松と所帯をもつと言うと、店の朋輩達は皆、羨しそうな顔をした。一つ年上の朋輩などは、「国さんはわたしが狙っていたのに」と、しばらくの間はおしんに八つ当りをしたものだった。

ただ一人、「あんな叩き大工」と吐き捨てるように言ったのが、お蓮だった。お蓮はその時、すでに二十《はたち》を過ぎていた。客の隣りに坐っては酒を飲ませてもらうお蓮を、女将が、やめさせたいと思っていたのもむりはない。が、お蓮のような女を好む男もいるのである。女将も、刺身の厚切りで売る店が気取ってもしょうがないと思い直したようだった。

おしんにとっては迷惑な話だった。やはり住込のお蓮は、目に見えないところで意地のわるいことをするようになった。へとへとに疲れた軀の汚れを湯屋で落とし、寝床へもぐり込もうとすると枕がなかったりするのである。

もう少しの辛抱だと、おしんは自分に言い聞かせた。来年、十六になれば国松と所帯がもてる。国松は、お蓮の言うように一人前の大工ではないが、所帯道具くらいはおしんのためた金で買いととのえることができる。所帯をもったあとは、可愛い子供を生んで、親子三人、いや親子四人でも五人でもいい、いつでも手をつないで暮らすのだ。あの火事の時、おしんが友達の家へ行ってさえいなければ、手習いにきていた子供達の半分くらいはおしんが連れ出せたかもしれない。おしんが子供達を連れ出していれば、父も母も逃げ遅れることはなかったのである。

国松がおしんをたずねてきたのは、九月なかばの夜だった。店ではなく、裏口へきておしんを呼んでくれと頼んだのである。

あごをしゃくってみせた朋輩にうなずいて裏口へまわり、木戸を開けると国松が元気なく立っていた。芝明神の祭礼の最中で、表通りは参詣の人の足音が絶えず、ふだんはまったく人通りのない裏木戸に面したせまい道も、丸くなってきた月の明りを頼りに、人混みを避けた人達が足早に歩いていた。

「何」

と、おしんは尋ねた。国松は、黙って持っていたちぎ箱を目の高さにまで上げてみせた。

「ありがと。わざわざ持ってきてくれたの」

「これ、行李《こうり》や戸棚にしまっておくと、着物がふえるんですって。といったって、自分で買わなければ、ふえやしないのにね」

「うん」


店にいる客の笑い声が、木戸口にまで聞えてきた。おしんは、もう一度礼を言って、
店へ戻ろうとした。

「待ってくんな」

国松が思いつめたような声で呼びとめた。

「あの、頼みがあるんだ」

「どんな」

国松は言いよどむ。客の笑い声が、また聞えてきた。

「あの」

「早く言って、水くさい」

「言ってもいいか」

「当り前じゃないの」

「あの、すまねえ。金を貸してくんな」

おしんは目を見張った。金を貸してくれとは、国松が一番言いそうにない言葉だった。

「どうしたっていうの」

「道具箱を質屋に入れられ――いや、入れちまったんだ」

「嘘」

「恥ずかしいが、嘘じゃねえ。背に腹はかえられねえことがあって」

「そう」

おしんは、国松が買ってきてくれたちぎ箱を見た。来年は一緒に暮らすことになる人ではないかと思った。

「それで、いくら貸してあげればいいの」

「すまねえ」

一分《いちぶ》貸してくれと、国松は言った。十五歳のおしんには、とてつもない大金だった。が、持ってはいた。おしんは木戸口で迷い、行李の入っている戸棚の前でためらって、震える手で二朱銀二つをくるんだ鼻紙を国松に渡した。

「すまねえ。仕事はあるから、すぐに返すよ」

国松はそう言って、早足で帰って行ったのだが、借金は、一度ではすまなかった。二度めは二朱だったが、三度めはまた一分になった。

「いやだ」

と、おしんはかぶりを振った。

「もう貸してあげない。第一、お金を貸してくれって言ってくる時の国さんは、国さんじゃないようだもの」

「頼む」

国松は、おしんに向かって手を合わせた。

「来年、お前《めえ》と一緒になれば、みんな水に流れちまうことなんだ」

「どうして」

長い間《ま》があった。長い間《ま》があったのに、国松が言ったのは、「勘弁してくんな」の一言だった。

断ったが、国松は数日後にもきた。「これきりだから」という言葉の意味はわかったが、「お前《めえ》に迷惑をかけたくねえから」という意味はわからなかった。おしんは迷いに迷った末、「これっきりだからね」と念を押して一分を渡した。

意味のわからなかった言葉に不安を感じたのは、その数日後だった。店の客が少なくなると、お蓮がふらりと姿を消し、そのまま帰ってこないのである。

これまでにも、しばしばあったことではあった。客の誘いをこばまずに、出かけて行くのだった。そして、店を開ける昼の四つ半頃になって、草履をひきずって帰ってくる。肩からずり落ちそうに着ている着物の裾までひきずっているようで、女将は「穢《きたな》らしい」と顔をしかめていたものだった。

考えられなかった。国松は、お蓮を好きになるような男ではない。男ではないが、お蓮は国松に近づいて行きそうな女なのである。

十一月に入った頃だったと思う。前の晩に出かけたお蓮が、昼を過ぎても帰ってこなかった。胸さわぎのしたおしんは、客が少くなる八つ半過ぎを待って、店を出た。「夕七つには帰ってきておくれよ」という、女将の言葉が追いかけてきた。

おしんは、浜松町の国松の家へ急いだ。八軒長屋だと打ち明けられていたが、行ったことはなかった。大工の国松が住んでいる長屋はどこかと尋ねつづけて、ようやくその木戸の前に立った時は、店を出てから小半刻が過ぎていたのではないだろうか。

国松が仕事に出かけていれば、家の中には誰もいない筈であった。が、ぴったりと腰高障子を閉ざしている家の中からは、人の動いている気配がした。

いる、と思った。国松だけではなく、お蓮もいる、そう思った。

力まかせに障子を開けるつもりだった。力まかせに開けて、お蓮を罵ってやるつもりだった。泥棒猫という言葉まで頭の中に浮かんだが、手は動かなかった。障子を開けて国松がお蓮とならんで坐っているところを見てしまえば、国松と所帯をもつことも、国松との間に二人も三人も子供を生むことも、すべて夢となってしまいそうだった。

帰ろうと思った。何も知らなかったことにすればいい、何も知らなかったことにして、

「まさか、国さんと」

来年、国松と所帯をもとう。だが、そんなことができるだろうか。そんなことで、自分の気持がおさまるだろうか。

障子の前で立ちつくしていたので、影が映ったのかもしれなかった。障子の開けられる音に、おしんは顔を上げた。敷居の向こうに国松が立っていた。

逃げようとしたのは、国松の方だった。黙って引き返そうとしていたおしんは、その姿を見て家の中へ入った。

お蓮がいた。泥棒猫という言葉を思い出した。おしんは、四畳半の部屋に駆け上がって、お蓮の頰を思いきり叩いた。

お蓮が、おしんを見た。怒っている目ではなかった。ざまあみろと笑っている目でもなかった。が、唇をわずかに歪めると、素早く帯をとき、着物を脱ぎ捨てて、土間に飛び降りた。呆然と土間に立っている国松に、裸ですがりついたのである。

国松も、おしんを見た。おしんを見たが、国松のとった行動は、開け放しだった障子を閉めることだった。路地には、何事が起こったのだろうと飛び出してきた人達の目があった。

「帰《けえ》ってくんな」と、国松はお蓮をすがりつかせたままで言った。「すまねえ」とは言わなかった。おしんにも尋ねる気はなかった。お蓮がどうやって国松の住まいを知り、いつの頃から国松の家へ上がり込むようになったのかわからないが、道具箱を質に入れたのはお蓮だと、すぐに見当がついた。一緒にいてとせがむお蓮を跳ね返す気も、力も、国松にはなかったにちがいない。

「帰ってくんな。お蓮にこんな恰好をさせて、可哀そうじゃねえか」

言われなくても帰ると、おしんは思った。

「お蓮とは、そういうかかわりがあったんですよ。もう忘れていたけれど」

「思い出させてすまねえ」

「さっきのことも忘れているのに、こんなこと、軀のどこに残ってるんだろうね」

「脱殻にゃなっちゃいねえってことさ」

「面倒くさい」

ふふ、と勝之助は短かく笑った。

「で、それからどうしたんだい、その二人は」

知らないと答えるかと思ったが、「お蓮は暇を出されましたよ」とおしんは言った。

「わたしがまだ笹屋で働いているうちにね。わたしが長屋へ行ったせいで、国松が長屋にいられなくなったと言ってましたっけ」

「それで」

今度はおしんの方が短かく笑った。

「そこで終りゃよかったんですけどね。お察の通り、あとがあったんです」

風鈴が鳴った。川風が吹きつづけている間は、無論、その音を聞かせつづけている。

おしんは、風鈴が鳴っている間、寝転んだまま黙っていた。

「取り立てがきたんですよ、高利貸の」

「高利貸？　国松に貢ぐ金でも借りたのかえ」

「まさか」

おしんは、うっすらと笑った。

「お蓮がわたしの名を使って借りたんですよ」

「お前《めえ》の名を騙《かた》ったって」

勝之助は半身を起こした。

「そりゃお前《めえ》、出るところへ出りゃ、お前《めえ》の勝ちになった筈だぜ」

「何もかも面倒くさくなっちまったんですよ、国松を探し当てたら」

「国松は、何をしてたんだえ」

「勝さんが出会ったお蓮は何をしていたんですよ」

「お蓮か」

風鈴が、うるさいくらいに鳴っている。

お蓮は、夜の町に立っていた。勝之助は、あひるからの帰り道だった。

「ねえ、わたしゃ蓮ってえんだけど」

「すまねえが、俺あ、すっからかんだ。精《せい》も根《こん》も金も、遊女屋へ置いてきた」

と、勝之助は、自分の袖をつかんで上目遣いに笑っている女に言った。お蓮は袖をつかんだまま、勝之助が歩いてきた方をふりかえった。

「あひるかえ」

返事をしなくとも、勝之助が歩いてきた方角にあるのは、あひるしかない。

「あそこに、おしんってえ女はいなかったかえ。十八か十九くらいになってると思うけど」

勝之助は黙っていた。

「縹緻のいい子だったからさ、もっといいところに身売りできたと思うんだけど。高利貸が、あひるへ連れてったって言うんだよ」

「おしんってえ女の身内かえ」

「身内ってわけじゃないけど」

お蓮は、勝之助の袖を握りなおした。

「行こ」

「どこへ」

「どこでもいいよ、眠れるところなら」

「中宿ってことかえ」

「眠りたいんだよ、わたしゃ」

「うちへ帰りゃいいじゃねえか」

「帰れないんだよ」

お蓮はつぶやくように言った。

「よりによって、あひるから帰ってきたってえ男の袖を引いちまったんだもの」

袖を強く引かれ、勝之助はひきずられるように歩き出した。あひるで会っていたのは、おしんだった。おしんは身の上を語ろうとしなかったし、勝之助も尋ねようとは思わなかった。尋ねても、気がついたら生れていて、江戸にいたと答えそうだった。勝之助は、別世界に生れる筈のおしんを、大鷲があやまってこの世に連れてきてしまったような気がしていた。が、お蓮は、思いがけないことを言い出した。

「あひるにゃ、おしんがいるんだよ」

勝之助は黙っていたが、お蓮はひとりごとのように話しつづけた。

「わたしが、おしんをあひるに売っちまったようなものだからね」

それから溜息と一緒に言葉を吐き出した。

「うちにゃ、おしんの亭主になる筈だった男がいるんだよ」

だからさ、とお蓮は言う。

「うちに帰れないじゃないか」

「そんなに気にするこたあねえさ」

勝之助は、袖からお蓮の手を引き剝がした。

「お前《めえ》に男をとられたからって、自棄《やけ》になる方がわるいやな」

「おしんが自棄になったんじゃない、わたしがわるいんだけどね」

お蓮は、袖から引き剝がされた自分の手を眺めた。

「おしんにあやまろうかと思ったし、男と別れようかとも思ったよ。でも、おしんにあやまっても、男と別れても、わたしはあいつを追いかけて行きそうだし、わたしが追いかけなければ、あいつが追いかけてくる。そんな気がするんだよ」

「中宿へ行きねえ。俺は行かねえけど」

勝之助は、財布をさかさにして、落ちてきた小銭をお蓮に渡した。

「へええ。お蓮がそんなことを言ってたんですか」

おしんは、のろのろと起き上がって夜具からおりた。薄い夜具が躯で暖まり、汗が噴き出してきたらしい。鏡台の端にかけてあった手拭いをとって、衿首を拭いている。風鈴がまた鳴った。

勝之助も起き上がって、衿もとをひろげた。風鈴を鳴らしている風が、部屋へ入ってこないのがつらかった。

「国松といったっけか、その男とまだ一緒に暮らしているようだぜ。女を夜の町に立たせてるってのは、情けねえ男としか言いようがねえが」

「知ってますよ」

と、おしんは言った。

「国松が稼いでも、お蓮が飲んじまう。わたしが貸してやったお金も、わたしの名前で高利貸から借りたお金も、二人で飲んじまったんじゃないんですか」

「国松は働き者じゃなかったのかえ」

「働き者だったけど、お蓮が道具箱を質へ入れたりしていれば、仕事の方がなくなりますよ」

「それでお蓮が、辻に立っているのか」

「自業自得ですよ」

おしんは、吐き捨てるように言った。

「あれだけ国松にひっついて、仕事にも出さないようにしてりゃ、たちまち食うに困っちまう。それを、国松はお蓮が可哀そうだとか何とか言うんだから」

「お前《めえ》、二人がどこで暮らしているのか、見に行ったのかえ」

返事はなかった。しばらくの間、風鈴の音と勝之助が動かしているうちわの音だけが聞えて、それから隣りの部屋の物音やしのび笑いが聞えてきた。

「一度だけ」というおしんの声が聞えたのは、隣りのしのび笑いもおさまってからだった。


高利貸の取り立てがきた時だった。二人連れの一人から証文を渡されたおしんは、血が逆流したように頭や顔が熱くなって、「このお金を受け取った女に会わせておくれ」と叫んだ。

借りたのはお前《めえ》じゃねえかと取り立ての男は言ったが、「お金を渡した女は、わたしじゃないだろ」とおしんがわめくと、顔を見合わせた。笹屋の主人も女将も、板前も外へ出てきたし、自身番屋の当番でも呼ばれると面倒だと思ったのだろう。金を受け取った女の住まいを教えてくれた。それが、下谷山崎町《したややまざきちょう》の長屋だった。

すさまじい長屋であった。どぶをはさんで八つに区切られた棟《むね》が向かい合っているのだが、出入口の戸もなければどぶ板もない。路地への出入口の木戸さえ燃やしてしまうのだそうだ。路地に蹲《うずくま》っていたのは裸足《はだし》の子供や女の着物を着た男などで、まもなく一人前の大工になるだろうと言われていた真面目一方の国松は、そんな長屋の住人となっていたのである。

引返そうと思った。どぶのにおいと、食べもののすえたにおいが鼻をつき、路地に蹲っていた人達の視線が肌に突き刺さった。

が、おしんを見てうっそりと立ち上がった男達に、「待ってくんな」と叫んだ男がいた。

「待ってくんな。俺の知り合いだ」

国松にちがいなかったが、おしんには国松だと思えなかった。国松だとなのられても、国松に似た男にしか見えなかった。国松は、木の香りを軀にしみこませていた男だった。異様なにおいのする男ではなかったのである。

「驚いたかえ」

おしんは、むりにかぶりを振った。

「そりゃそうだろうな。顔を合わせられる筈のねえお前《めえ》に、金を借りに行くような男になっちまったんだものな」

男達がおしんを眺めまわしていた。国松は男達の視線をさえぎるようにおしんのすぐ目の前に立ち、木戸の外へ出ろというようにあごをしゃくった。異臭が鼻をついた。

「ごめんなさい、帰る」

踵を返したおしんの目に、師走だというのに浴衣を着て、寒さしのぎの合羽を羽織った女が映った。貧乏徳利を下げて、路地へと入ってきたのだった。お蓮だった。

おしん、というようにお蓮の口が動いた。

「何しにきたんだよ」

「別に、何の用もなかったんだけどね」

わたしの名を騙って金を借りただろうという言葉は出てこなかった。が、お蓮は苛立たしそうに言った。

「文句があるなら、さっさとお言いよ」

「何の用もないと言っただろ。このあたりを通りかかっただけだよ」

「嘘をおつき」

お蓮は、貧乏徳利を地面に叩きつけた。徳利が割れ、なけなしの金で買ってきたにちがいない酒が、どぶ板のないどぶへ流れて行った。

「金を返せとか、言いたいことがあるにきまってる。言いたいことがあるなら、ここで言やあいいじゃないか。その方が、わたしもすっきりするんだ」

「言ったらどうなるってのさ。わたしや国松を、昔の通りに戻してくれるってのかえ」

「何を言やあがる、この嘘つき女」

胸にあるものを吐き出せと言っておきながら、お蓮は、顔色を変えておしんに飛びかかってきた。おしんの左頬でお蓮の手が鳴った。

「よせ」

国松も顔色を変えて、お蓮を抱きとめた。お蓮は国松の腕の中で、「人の気持を知りもしねえで」とわめいて暴れた。寒さよけの合羽は、他愛なく裂けて、色褪せた浴衣をのぞかせた。

「お前なんざ、わたしの気持を考えたこともないだろう」

「それは、わたしの言うことだよ」

「くそ。いい子面《こづら》しやがって」

国松は、暴れるお蓮を家の前までひきずって行った。

「頼む、おしん。帰ってくんな」

「頼まれなくっても帰るよ」

「俺あ、お前《めえ》と所帯をもつつもりだった。こいつが俺のうちへくるようになっても、道具箱を質に入れられちまうようになっても、お前《めえ》と所帯をもてば、もとの暮らしに戻れると思ってた。嘘じゃねえ。ほんとだよ」

「だったら、どうして」

「お前《めえ》は一人でも暮らせる。が、こいつはこの通りの哀れな女だ」

おしんは口を閉じた。ひとりでにくずれたのか、或いは路地を吹き抜けてゆく風が穴を開けたのか、胸に隙間ができたような気がした。

おしんは、二人に背を向けて歩き出した。風が、「だから、二度とこねえでくんな」という国松の言葉をはこんできた。


「で、高利貸の言いなりになって、身を売ったというわけか」

と、勝之助は言った。坐っているところがまた、軀の熱で暖まってしまったのかもしれない。おしんは、夜具の上に軀を放り投げた。生気を失くしたような女にも、畳や夜具を暖めてしまう熱のあるのがおかしかった。

「だって、もう、何もかも面倒じゃないか」

「そう言うな。待てば海路《かいろ》の日和《ひより》というぜ」

「そんなこと、信じていないくせに」

おしんは、仰向けになって勝之助を見た。

「年季《ねんき》があけたら所帯をもとうと言ったら、待っていてくれるかえ」

答えられなかった。

が、時折、無性《むしょう》におしんに会いたくなる。江戸は男性の人口が多いせいもあって、奉公人の花街通いを大目に見る店がほとんどであり、なかには吉原の遊女屋と奉公人を遊ばせるための約定《やくじょう》を結んでいるところもある。

勝之助が帳付けをしている質店も、奉公人の遊びには目をつむっていた。小遣いをあたえることすらあるらしい。それでも旗本の息子だった勝之助には遠慮があるのだろう。手代に小遣いを渡しているのを勝之助が見ていても、「小野寺さんにも」と言われることはない。

あひるへくる金は、旗本くずれ、御家人くずれの友人に借りている。友人は、博奕《ばくち》で得たあぶく銭などお前にくれてやると言う。おしんを身請けしてしまえと、かなりの金を渡されたこともあるのだが、酒代だけをもらって、あとは返した。

おしんを身請けして、そのあとはどうなるのだと思う。勝之助に遠慮をしている質店の亭主は、質店が借りてくれている家におしんを連れ込んだところで何も言わないだろう。

それで、そのあとをどうする。おしんを女房にして内職をさせて、自分は帳付けをして、一生を終るのか。別に武士に戻りたいとは思わないが、江戸の賑いを横目に見て、勘当された者と遊女にまで落ちた者とが、ひっそりと肩寄せあって暮らすなど、あまりにも淋しくないか。

友人達は、それなら質店などやめてしまえと言う。帳付けなどやめて、その日その日を面白おかしく暮らせばよいと言う。その日の運は賽《さい》の目次第、一文なしで空腹をかかえて寝ることもあれば、吉原で大臣遊びができるほどの日もくることがある。浮かれて暮らして、あとは野となれ山となれ、野垂死《のたれじに》を覚悟していればこわいものはない。

その通りだな、とは言った。その通りだと思うが、踏み切れない。今も質店の奥で、質草と質入れされた日を、ていねいに帳面につけている。

ごろつきと呼ばれるような男になることもできず、町の片隅でひっそりと暮らすのもうとましい。それじゃどうすればいい。

また風鈴が鳴った。勝之助は、おしんを呼んだ。好きだと言ったらどうすると尋ねてみたかったのだが、考えてみればつまらぬことだった。おしんは、ごく当り前の口調で、「わたしも好き」と答えるにちがいない。

ただ、勝之助が無性におしんに会いたくなるように、おしんも勝之助を恋しく思う時がある筈だ。会いたいと思い、恋しいと思う相手に出会えて、お互いに溺れてしまうこともあるのだが、そのわずかな時が過ぎてしまえば、胸の底まで冷えてしまう。好きなのか嫌いなのか、ただ似たものどうしであることはわかっている。

川からの風が強くなったらしい。風鈴が、間をおかずに鳴っている。勝之助は、おしんの額にかかった髪をかきあげてやった。こんな女にのめり込むことはできないが、こんな女でなくては一緒にいられない。

どうする、おしん。俺とおしんをつないでいるものはない。一人と一人が、ただ枕を並べて軀を横たえているのだ。

「肩が寒い」

と、ふいにおしんが言った。肩をすぼめて勝之助の腕の中へ入ってくる。

「寒いってお前《めえ》、夏だぜ、今は」

勝之助は、おしんの肩に掌をのせてやった。むしろ、勝之助の掌の方が冷たかった。

「お蓮と国さんは、今頃何をしてるだろうね」

「何をしていたって、あの二人は死にゃあしねえ」

そう言いながら、勝之助は、風鈴が鳴りやんだことに気づいた。

勝之助は、おしんの肩の上の指に力を入れた。このまま力を入れつづけたら、おしんは死ぬことになるのだが、おしんは何も言わなかった。

草《くさ》青《あお》む

搔巻《かいまき》に手を通して軀に巻きつけ、縁側に背を丸めて坐っている吉兵衛《きちべえ》は、先刻、自分でも笑っていたのだが、置物の狸のようだった。おつやは、熱い茶を大きな湯呑みに入れながら、「お寒くありませんか」と尋ねた。

「大丈夫、気持がいいくらいだ」

おつやは、吉兵衛の好物の饅頭を黒文字《くろもじ》で四つに切り、湯呑みと一緒に盆にのせて縁側へ出て行った。

如月《きさらぎ》二月も末になった。が、時折つめたい風が吹く。今日もよく晴れて部屋の中にいる分には春の陽気だが、障子の外へ出ると、つめたい風が肌に触れた。

「こちらへお持ちしましたけど、中へお入りになりませんかえ」

「いいよ。ここで庭を見ていたい」

新和泉町《しんいずみちょう》のこの家は、三年前に吉兵衛が借りてくれた。どんなうちがいいかと尋ねられて、おつやは「静かで、ちっちゃな庭のあるうち」と答えた。大きな庭は、手入れがゆきとどかなくなるからいやだった。

　吉兵衛は、「何か、それらしい女が住んでいそうで、いやなんだけどねえ」と言いながらこの家を選び、家財道具まで買いととのえてくれた。

　狭い庭には今、はこべと車前草《おおばこ》が顔を出している。吉兵衛は去年の春に本宅を出て、この家で暮らすようになった。可愛がっていた小僧に身のまわりのものだけを持たせ、医者に診《み》てもらった帰りのような顔つきであらわれたのだった。
　四、五日もすれば本宅の味噌問屋、柏屋《かしわや》へ帰るだろうと思っていたのだが、「ここでしばらく養生する」と言う。言葉通り、医者へは供も連れずに行き、帰ってくるとおつやの敷いた床《とこ》へ横になる。疲れがとれると、自分で買ってきた饅頭を四つに切らせ、嬉しそうに食べていた。
　おつやの方が気を揉んで、「一度、おうちへお帰りなすってから、あらためておみえになった方が」と言ったのだが、吉兵衛は不機嫌な口調でおつやの言葉を遮って、「帰れと言うなら帰るがね」と横を向いた。

「あんまり手入れのゆきとどいた庭は嫌いなんだよ」

　とは、その時に言った言葉だった。吉兵衛の機嫌を損じたと思い、うなだれて膝の上においた手を眺めていたおつやは、ほっとして顔を上げた。小さな燈籠を置いたほかに躑躅《つつじ》やら菊やら水仙やらを植え、雑草をむしれるだけむしったのは、吉兵衛に喜んでもらうためだったが、それがかえって息苦しいのかもしれなかった。が、嫌いと言ってくれたのは、もうしばらくここにいるということだろう。

「もうじき、桜草売りがくるねえ」

と、吉兵衛が言った。少し震えるようになった手で湯呑みをとり、茶がのどにつかえるわけではないだろうに、一口々々ゆっくりと飲んでいる。四つに切った饅頭も、二つに減っていた。

「売りにきたら、買いましょうか」

「そうだねえ。はこべや車前草のような草が好きで、そんな草が庭を青くしてくれるのを見たいと思ったのだが、そうなると、桃色のような色が欲しくなる。我儘者《わがままもの》だねえ、わたしは」

「いえ、わたしも水仙が咲くと躑躅の花の方がいい、躑躅が咲くと、菊の方が品がいいと思って手入れをしておりました」

「聞くのを忘れていたよ。水仙や躑躅は、どうしたのだえ。まさか、捨てはしなかっただろうが」

「はい、お隣りやお向かいに差し上げました」

「ごめんよ、せっかく丹精《たんせい》していたものを。だが、柏屋の庭を下手に狭くしたのを見ているような気になってきてね」

おつやは黙っていた。吉兵衛が、柏屋の聟養子《むこようし》であることは知っている。吉兵衛の女房おあさは柏屋の一人娘で、祝言《しゅうげん》をあげる前の吉兵衛は、柏屋の若い番頭だったという。

「でも、祝言をあげなすった頃の柏屋さんには、たいそうな借金があったそうだよ」とは、かつておつやが働いていた料理屋の女将《おかみ》が教えてくれたことだった。柏屋の主人となった吉兵衛は、徹底して無駄をはぶき、借金を十年で完済したというのである。

「やれば誰でもできたのさ」

女将の酌をうけながら、吉兵衛はそう言った。小柄な人だけど、肝も気持も大きいんだと、その時おつやは思った。

柏屋の旦那が世話をしたいと言ってなさるけどと女将から話があった時、ためらわずにうなずいたのは、肝と気持が大きい吉兵衛にひそかに惹かれていたからだと思う。

「もう一杯、お茶をくれないか」

と、掻巻にくるまれた吉兵衛が言った。おつやは、差し出された湯呑みをうけとって立ち上がった。その時に、表口で人の気配がした。

「ごめん下さいまし」

女の声だった。聞き覚えはなかったが、おつやは少し待ってくれるように吉兵衛に言って、狭い表口の三和土《たたき》へ降りた。

格子戸の向こうに地味な着物と一見無地と思える鮫《さめ》小紋《こもん》の着物が見えて、すぐに二人連れとわかったが、格子戸越しに見える地味な着物の女とは出会った覚えがなかった。たずねる家を間違えたのだろうと思い、おつやは格子戸を開けた。彼女達の知り合いが、おつやも知っている人なのであれば、家を教えてやろうとも思った。

「おつやさん」

思いがけず、自分の名前を呼ばれた。本宅の使いだとおつやが悟ったのと同時に、うしろにいた鮫小紋の女が地味な着物の女を押しのけた。吉兵衛の娘のおせいだった。

「父は、こちらですよね」

うなずくより先に、おせいは「上がらせてもらいますよ」と言った。遮ったつもりはないのだが、突き飛ばされた。上《あ》がり框《がまち》に尻餅をついたおつやに、ひややかな目を向けた女中にも「どうぞ」と言って、おつやは、おせいのあとを追った。

おせいは、掻巻を軀に巻きつけたまま部屋へ入ってきた吉兵衛を見据えていた。おつやは開け放しになっていた障子を閉め、おせいへ遠慮がちに声をかけた。

「あの、ちらかっておりますけれど」

「いいんです、すぐ帰りますから」

おせいの返事はにべもない。おつやは、長火鉢に手早く炭をつぎ足して台所へ行こうとした。火だねを炭の上にのせると早く火がおこると吉兵衛もごく近頃覚えて、面白がって赤くおこっている炭火をついだばかりの炭にのせようとする。台所の入口でふりかえると、掻巻の裾をうしろへはねて坐った吉兵衛が、火箸をにぎっていた。

おせいの声が聞えてきた。

「お父つぁん。この間の手紙を見て下さらなかったのですかえ」

「手紙？　何だ、それは」

「とぼけないでおくんなさいまし。この間、手代《てだい》の幸次郎《こうじろう》がお持ちしたじゃありませんか」

「いや、知らないよ」

「そんな筈はありませんよ、お金をお届けした時に、私が頼んだのですから」

そう言われるのではないかと思った言葉が聞えてきた。

「おつやさんが隠したんじゃないんですか」

「そんなことはない」

吉兵衛は不愉快そうだった。

「幸次郎には、わたしが会った。金もわたしが受け取った。手紙なんぞは添えられていなかった」

「嘘です」

おせいの声が大きくなった。

「私は、一度お店へ帰ってきて下さいましと書いた手紙を、確かに幸次郎に渡しました。

それは、このおかねも見ています」

供に連れてきた女中は、おかねというらしい。「お呼びしましょうか」という、おかねの声が聞えた。おつやを、おせいの前に連れて行こうというのだろう。おつやは、台所の古い茶簞笥から茶碗を二つ出し、盆にのせて部屋へ戻った。吉兵衛の娘のおせいならともかく、おかねに偉そうな顔をされてたまるかと思った。

「申訳ございません、突然のおいでだったので、何もお出しするものがございませんで。空茶《からちゃ》でございます」

「お茶は結構です」

おせいもさすがに腰をおろしていて、長火鉢へ近づこうとするおつやの前へ膝をすすめた。吉兵衛は、黙って火箸を動かしている。鉄瓶の湯が煮たってきたので、炭火に灰をかけているのだった。

その横に坐り、猫板の上に置いたままになっている茶筒をとりたいのだが、おせいは、おつやの坐りたかったところまで膝をすすめてきて、吉兵衛のそばに坐らせるものかと、おつやをねめつけている。おつやは、やむをえず立っていたところに腰をおろした。

「お父つぁんに、あんなことまでさせて」

「わたしが好きでやっているんだ。おつやに文句を言うんじゃない」

「でも、このうちには若い女中がいた筈です。女中がいれば、たとえおつやさんが忙しく動いていても、お父つぁんがそんなことをなさらなくってもいいんです」

「女中に暇を出したのも、わたしだ」

「どうしてです」

「おつやと二人きりで暮らしたいからだ」

「だから、私は、帰ってきて下さいましと手紙を書いたんです。帰ってきて下さいと書いて、幸次郎に渡したんです」

「知らないな、そんな手紙は」

「おつやさんが捨てなすったんですね」

いきなり鉾先《ほこさき》がおつやへ向けられた。おつやは、うろたえながらもかぶりを振った。

「あの、私は幸次郎さんがおみえになった時、外にでておりましたのです」

「その通りだ。だから、わたしが金をうけとって、おつやが帰ってきてから、その金をおつやに渡した」

「わかりました。お父つぁんは、私の手紙にお気づきにならず、おつやさんに渡してしまったんです。それでおつやさんが手紙を読んで、そっと捨ててしまったんです」

「そんな」

「それでなければ、私の手紙はどこへ行ったというんです」

ひどい濡衣《ぬれぎぬ》だと思ったが、声が出なかった。

「およし」

吉兵衛が言った。

「手紙はわたしが捨てたんだよ」

「嘘です。おつやさんを、かばってなさるんです」

「かばっているんじゃないよ。手紙は読んだが、あまり帰る気にならなかったというだけだよ」

おせいとは別の意味で、おつやは疑わしげな目を吉兵衛へ向けた。手紙を受け取っていたのだとすれば、おつやが責められるまで吉兵衛が黙っているわけがない。おせいが「手紙」の一言を口にしたとたん、「しまい忘れた」とか「読んだがそのままにした」とか言うはずだった。

が、吉兵衛は二人とは視線を合わせずに立ち上がって、「駕籠《かご》を呼んでおくれ」と言った。

「大伝馬町の店へ帰ることにするよ」

ああ、よかったと、おせいが言った。

「おっ母さんはあの通りのお人だけど、でも、心配してなすったんですよ」

おつやは、吉兵衛を手伝って掻巻を脱がせた。大伝馬町の本宅へ帰れば、着替えの着物も帯もそろっているにちがいないが、このところ体調のよくない吉兵衛が、縁側と寝床を往き来できるように着せていた布地《きじ》がやわらかくなった古着では、女房のおあさや店の者達の手前、みっともないと思った。

簞笥のある二階へ上がろうとすると、吉兵衛が「いいよ」と言った。

「このままでいい。それより先に駕籠を呼んでおくれ」

「でも」

「いいんだよ。このやわらかい着物の方が、どれだけ楽なことか」

「わかりました」

おつやは、黙って外へ出た。戻ってきたらすぐ、始終寒い、寒いと言っている吉兵衛の肩に、白い絹を巻いてやろうと思った。


吉兵衛が大伝馬町へ帰ってから、もう二月《ふたつき》あまりがたつ。桜草の花もしぼんで、おつやは、わがもの顔にはびこりはじめたはこべと車前草を少し抜いた。吉兵衛は、大伝馬町の本宅から通ってきた頃も、暖かくなると庭へ降り、雑草に触れて、心地よいと言っていたものだった。

あまりわがもの顔にはびこっていてもと思い、思いきり手足を伸ばしているようなのを抜いたのだが、今日は短くなった草の上に、梅雨《つゆ》の走りか、雨が降っている。蜘蛛の糸のように、ねばついた感じのする雨だった。

雨の日もよし、晴れの日もよし、曇りの日が嫌いと言っていた吉兵衛だったが、去年の暮れから、雨の日や霙《みぞれ》の日は膝頭が痛むと言うようになった。痛みによく効くという膏薬《こうやく》を、本町の薬種問屋まで買いに行ったものだが、夏を間近に控えた雨とはいうものの、じめじめとした陽気は膝によくないのではあるまいか。

それでも、吉兵衛は、店の帳場格子の中に坐っているにちがいない。一人娘のおせいにも亭主はいる。吉兵衛と同じ聟養子だった。

が、吉兵衛は先代に見込まれて一人娘のおあさの亭主となったのだが、おせいの亭主の順之助《じゆんのすけ》は、おせいが吉兵衛の反対を押しきって柏屋に迎えた男だった。醬油酢問屋の三男で、何とかいう役者によく似ていると評判だった男であった。

当然、女との噂は絶えたことがなく、みごもってしまった娘の家へ、順之助の親が詫びに行くことも幾度かあったという。勘当の話も出ていた時におせいへ近づき、おせいが順之助でなくては夜も日も明けぬようになってしまったのだ。順之助にしてみれば、してやったりというところだっただろう。

「心をいれかえた、柏屋では商売のいろはから教えていただくつもりですと、そう言ったんだよ」

と、吉兵衛が苦笑しながら言ったことがある。反対しつづける吉兵衛に、ともかく当人に会ってみてくれと、おせいが順之助を連れてきた時だったそうだ。

「嘘ではないにせよ、商売のいろはを教えていただくつもりなど、聟になって三日目で消えてしまうだろうと思ったよ」

それ以上のことは言わなかったが、吉兵衛の予測通り、三日が過ぎると帳場格子の中へ坐る気など順之助から消え失せてしまったのだろう。

吉兵衛は、店の番頭か、しっかり者と評判の知り合いの息子を聟にしたかったのだと思う。おつやにも、番頭や知り合いの息子の商売熱心なことを話したりしていたのだが、それにはおあさが反対したらしい。

「二人とも、風采が上がらないんだよ」

と、吉兵衛は苦い、見ている者までが口の中に苦みを感じてしまいそうな笑みを口許に浮かべて言った。

「先代の借金はわたしがきれいにした。が、きれいにしたというだけでね、蓄えができたわけじゃない」

吉兵衛の言いたいことはよくわかったが、おつやは目を伏せて聞いていた。

「おせいの聟次第では、また借金の山になってしまう」

吉兵衛にとって、それは何よりも耐えがたいことであったにちがいない。吉兵衛はそれ以上のことを決して言わなかったが、娘時代のおあさの行動は、幸次郎が商用で川越へ出かけている時にその月の手当を届けにきてくれた手代が話していった。おあさは、なよなよとした色男役を得意としていた役者に夢中になり、毎月一度ならず二度三度と芝居小屋に通っていたというのである。手代はたまたまその日の朝おあさに叱られたとかで、鬱憤《うつぷん》晴らしをかねて話していったのかもしれない。

「柏屋の借金のうちのいくらかは、おかみさんが娘の頃に役者へ貢いだ分じゃないかって言う人もいなさるんですよ。ですから、前の旦那様が、今の旦那様をご養子におきめなすった時は、身投げをするの何のという大騒ぎだったとか」

よほどおあさに腹を立てていたのだろう、手代のお喋りはやむようすがなく、おつやは矢継ぎ早に茶を入れたり菓子を食べさせたりして、お喋りの口を閉じさせるのに苦労したものだった。

が、そのお喋りで、吉兵衛の苦労がよくわかるようになった。店をたてなおすために好きではない男を押しつけられたおあさも気の毒だが、吉兵衛は、おせいが生れたのが不思議なくらい淋しい暮らしをしていたようだ。「わたしだって、吉原くらい行ったことがあるさ」と言って、てれくさそうに笑ったのはいつのことだったか。

吉兵衛は、柏屋のたてなおしだけを生甲斐としていたにちがいない。先代の主人は、存命中から店のことを吉兵衛にまかせてしまったといい、吉兵衛は吉兵衛の一存で、当時はまだ手代だった文左衛門という男を番頭に、小僧だった幸次郎を手代に引き上げた。

幸次郎の話では、文左衛門や幸次郎が深夜、眠りにつくために自分達の部屋へ戻っても、吉兵衛は一人、帳面を繰っては考え込んでいたそうだ。しかも、翌日は借金の言訳やら仕入れのことやらで、一日中走りまわっていたらしい。今の吉兵衛には、その疲れが出たにちがいない。

「うちにいなされば、ゆっくりしていられたのに」

柏屋へ帰ってしまえば、店の帳場格子の中にしか吉兵衛の気持がくつろぐところはない。帳場格子の中にいれば、文左衛門も幸次郎も吉兵衛を気遣ってくれるだろうが、それで軀はくつろぐまい。

おせいが文左衛門を聟養子にしてくれていたらとは、おつやでさえ思う。おせいが吉兵衛を迎えにきたのも、文左衛門と幸次郎では順之助の押えにならず、よせという大豆を大量に仕入れてしまったなどの失敗をおかしたせいだという。このままではまた店が傾くと、さすがにおせいも気づいたようだった。二月《ふたつき》も吉兵衛が顔を見せぬのは、幸次郎は黙っていたが、その失敗が小さいものではなかったからではないか。

「でもなあ」

という、吉兵衛の声が聞えたような気がした。あの時、吉兵衛はおつやまで口の中が苦くなるような薄い笑みを浮かべ、こう言葉をつづけたのだ。

「おあさに、おせいにはわたしと同じ思いはさせたくありませんと言われると、それでも文左衛門を聟にとはなあ」

とうてい言えなかっただろう。おせいは望み通り醬油酢問屋の三男だった順之助を聟養子としたが、順之助は、吉兵衛が案じていた通り、商売というものがわかっていなかった。

吉兵衛はまだまだいそがしい。もう、きてもらえないかもしれないと思った時だった。表口に人の気配がした。

立ち上がったが、案内を乞う声はない。空耳だったかと腰をおろすと、傘を打つ細い雨の音にさえ消されてしまいそうな小さな声が、ためらいがちに案内を乞うた。柏屋の幸次郎の声だった。

おつやは、首をかしげながら表口へ出て行った。吉兵衛に目をかけられているせいもあって、月々のものを届けにくるのはたいてい幸次郎だった。たずねてきても不思議はないのだが、今月のものはすでにもらっている。おつやは、三和土に降りて格子戸を開けた。

その音で、幸次郎は傘を閉じた。ねばっこい雨が肩を濡らした。

「ま、こんな雨の日に。ともかく中へお入り下さいまし」

幸次郎は、傘にへばりついているような雨の雫《しずく》を傘を振って落としたが、中へは持ち込まず、格子戸の外へ置いた。

「あの、急なご用でも」

「いいえ、急な用事ではないんです。ただ、大旦那様がこちらのようすを見てこいと仰有《おつしや》いまして」

「どういうことでしょうか」

「あの、雨が降り出して寒いから、風邪でもひいていなさらないかと」

「まあ、わたしは大丈夫ですよ」

とにかく上がって下さいと、おつやは踏石《ふみいし》の上にあった下駄を下へおろした。吉兵衛が用心のために置いておけと言った、男物の下駄だった。

幸次郎は、遠慮がちに部屋に上がってきた。

「すみません。お元気そうなので、すぐに帰らせていただきます」

「ま、お茶くらいはいいじゃありませんか」

おつやも、することがなく退屈していたところだった。好きな茶請《ちやう》けの菓子を買ってきても、吉兵衛の「へええ、これもうまいな」という言葉がないと、妙に味気なく、食べる気がしないのだ。

「旦那様はお元気ですか」

「はい」

と答えてから、幸次郎は言い直した。

「あの、ご心配をかけるだけかと思い、黙っていようと思ったのですが、時々熱を出したりなすって、床《とこ》におつきになります」

「そうですか」

そんなことになるのではないかと思っていた。吉兵衛の容体も心配だが、それよりも看病してくれる人はいるのだろうか。

「それは、もう」

と、幸次郎は言った。

「さすがに若いおかみさんが、お世話をなさってます。それに、番頭さんや私どももおりますし」

「そう」

心配することはないとわかると、かえって淋しかった。

「で、今は」

「今はお元気で、毎日お店に出ていらっしゃいます。ただ、そろそろ隠居したいと仰有っておいでなのですが」

「そう」

「なかなか大変です」

吉兵衛や幸次郎の言葉の端々から察しているだけだが、おそらく順之助は醬油酢問屋の三男であった頃から、帳場格子の中に落着いて坐っていたことがないのだろう。吉兵衛が下総流山《しもうさながれやま》の味噌屋を買い取って柏屋だけの味噌をつくらせ、仲買へ支払う分を倹約すると同時に、周辺の味噌問屋へそれを卸《おろ》すようにして利益を得ていたことなど、吉兵衛がおつやと暮らすようになるまで知らなかったにちがいない。

「値が安くても、自分の目で確かめずに大豆を買うなとか、そのあたりから教えていらっしゃいますので」

「若旦那様が、そんなことは面倒だと仰有らなければいいけれど」

幸次郎がちらとおつやを見た。やはり順之助は、自分の失敗を棚に上げ、味噌造りは味噌造りの店にまかせて柏屋は諸方から仕入れるだけにした方がいいなどと、もっともらしいことを言っているのかもしれなかった。

「それで、なかなか旦那様がこちらへ伺えないのですよ」

「では、旦那様がご病気の時はお困りでしょう」

幸次郎は、苦笑いをしてうなずいた。

「旦那様が熱に浮かされておいでになった時に、流山の帳面を熱心にご覧になってらっしゃいましたから」

幸次郎もそう思っているのだろうが、おつやも、順之助が吉兵衛の商売を覚えようとしているのだとは思えない。売り払うことを考えているのではないかと思うと、寒気がした。幸次郎もぬるくなった茶をすすっている。

「番頭さんや私が、もっとしっかりしていればよいのですが」

「いいえ、幸次郎さんはしっかりしてなさいますよ。失礼を承知で伺いますが、お幾つになられました」

「今年、二十四でございます」

おつやより、三歳も年下だった。

「私は一度、別のお店に奉公をいたしまして、それから柏屋に奉公させていただきましたものですから」

そんな話を吉兵衛から聞いたことがある。笠問屋だったか畳表問屋だったかは忘れてしまったが、ともかくその問屋が暖簾《のれん》をおろしてしまい、柏屋の先代を頼ってきたらしい。子飼いの奉公人ではないので、番頭になるのは大変だろうということだった。

「わたしが長生きできればな」

と、吉兵衛は言っていた。もう十年、吉兵衛に帳場格子の中に坐っていてもらいたいのは、おつや一人ではなかったようだ。

「長居をいたしました」

と、幸次郎が言った。

「お茶をごちそう様でございました」

「いえ、お菓子も召し上がっておくんなさればよかったのに」

「いえ」

曖昧にかぶりを振ってから、幸次郎はおつやを見、おつやと視線が合うと、あわてて下を向いた。

「あの」

言いたいことがあるらしいが、ためらっている。おつやの方から、「なに」とたずねてみた。

「あの、多分、明日もごようすを伺いにくることになると存じます」

「どうして」

と、思わずおつやは尋ねた。

「わたしは、こんなに元気ですもの。それより旦那様の方をお気をつけてあげておくんなさいまし」

「言われるまでもないことですが、しばらくの間、毎日ようすを見に行けとは、大旦那様のお言いつけなのです」

「旦那様の？」

「ええ」

そんなにわたしのことを心配してくれているのかと思った。おつやは涙ぐみそうになるのをこらえて、「わたしは大丈夫ですから」と言った。

「わたしは大丈夫ですから、どうぞ旦那様のお世話をしてあげておくんなさいまし」

わかりましたと、幸次郎は答えた。が、その翌日も、翌々日も幸次郎はおつやをたずねてきた。おつやにたずねることを拒まれたと吉兵衛に言ったのかもしれない。三日目には、吉兵衛からの手紙を持っていた。

手紙には、間違えようのない吉兵衛の癖のある文字で、いずれそちらへ行くが、それまでは幸次郎を話相手に行かせると書いてあった。三日目の手紙も四日目の手紙も、そして五日目の手紙も、ほぼ同じ内容だった。


吉兵衛に偶然出会ったのは、それから三月《みつき》もたった田所町の通りだった。吉兵衛は杖をつき、秋とはいえまだ暑さの残る道を数歩歩いては休んでいた。

「旦那様」

おつやは吉兵衛に駆け寄って、その手を自分の肩へかけた。「助かったよ」と、吉兵衛は恥も外聞もなくおつやに寄りかかって言った。

「息がきれて、もうどうにもならなかった」

「どうして駕籠をお呼びにならなかったんですか。財布をお忘れになったのだとしても、わたしだって、駕籠屋さんへの酒手《さかて》くらいは払えましたのに」

「ま、一息ついてから話す」

吉兵衛の荒い息遣いが、おつやの耳許で聞えた。こういうことを知らせにきてくれればいいのにと、おつやは幸次郎の顔を脳裡に描きながら思った。

はじめのうちは毎日きていた幸次郎も、二日置きになり三日置きになって、吉兵衛からの手紙もない時の方が多くなった。幸次郎は口を濁していたが、吉兵衛の具合があまりよくないのではないかと心配していたところであった。

おつやは、抱えるようにして吉兵衛を家の中へ上げ、急いで床《とこ》をとった。茶をいれてくれと頼まれたが、茶の葉がきれていたことに気づいて飛び出したところで吉兵衛に出会ったので、やむをえず白湯《さゆ》を湯呑みにいれた。吉兵衛は、それでもうまそうに飲み干した。

「すみません、今、お茶の葉を買ってきますから」

「いいよ、白湯で。しばらくお前の顔を見ていたい」

「そんな。今朝は、毛筋で髪を撫でつけただけですから」

「それでいいんだよ。お前のそばにいると、ほんとうに落着く」

おつやは何と答えてよいのかわからず、鬢《びん》や前髪を指先で掻きあげた。

「そうそう、聞くのを忘れていたよ。これからまたしばらく、そばにいてもいいかえ」

「何を言いなさるかと思えば」

やはり茶の葉を買ってこようと思った。吉兵衛は、またおつやと一緒に暮らすつもりらしい。それならば、明日も明後日も吉兵衛の世話ができるわけで、今、ほんの少しの間そばを離れるくらいはかまわないだろう。

が、吉兵衛は、思いがけないことを言い出した。

「実は、家を出てきたんだよ」

「え？」

「と言っても、黙って出てきたわけじゃない。順之助に教えるだけのことは教えたし、帳尻も合わせてきた。順之助が開けた穴は、きちんと埋めたよ。その上で、死ぬ時はわたしの好きにさせてくれと言ってきた」

「死ぬだなんて、そんな」

「わたしのいるところは、お前のところしかない。勝手にきめちまってすまないが、半年になるか一年になるか、わたしがあの世に行くまでつきあっておくれ」

「そんな。そんな心細いことは仰有らないで下さいまし」

おつやは、夜具の上に出している吉兵衛の手を握りしめた。

「ところで」

と、吉兵衛が横になるようなしぐさを見せた。おつやは、急いで手を貸してやった。

一目で痩せたとわかってはいたが、吉兵衛の軀は、真綿《まわた》でできているような軽さだった。

「幸次郎のことだがね」

かつて使っていた枕なのだが、しばらくこなかったので頭への当りがわるくなってい
たのだろう。吉兵衛は、幾度も頭の位置を変えながら言った。

「幸次郎はいなくなった」

「え？」

行方知れずという言葉が頭をよぎったが、店を黙って出て行くようなことが、幸次郎にできるわけがない。気がつくと、頭を落着かせた吉兵衛が、いたずらをしかけた子供のような表情を浮かべておつやを見つめていた。

「心配かえ」

おつやは、曖昧にうなずいた。吉兵衛がおせいと一緒に大伝馬町へ帰ったあと、一時《いっとき》、毎日のように幸次郎がきてくれた。が、商人のくせに調子よく話をするわけではないし、掃除やら飯炊きやらに手を貸してくれるわけでもない。容姿も平凡で、今日会って、明日特徴を教えてくれと言われたなら、おそらく答えられないだろう。

だが、幸次郎の足が遠のいていった時、今日あたりはくるのではないかと思っている自分に気がついたことがある。御用聞きがきた物音を幸次郎がたてたものと思って、飛び立つように裏口へ出て行ったことさえあった。吉兵衛がいない寂しさを、幸次郎との

世間話でまぎらわせていたのだと思うが、御用聞きの顔を見たあの時は、ずいぶんとがっかりしたものだった。

「心配しないでもいいよ」

と、吉兵衛は言った。

「幸次郎はいなくなった。あれは、柏屋の手代の名前なのでね」

よくわからなかった。吉兵衛はいたずらが成功した子供のように声をあげて笑い、笑いつづけて激しく咳《せ》き込《こ》んだ。

「大丈夫ですか。お湯をお持ちします」

「大丈夫、すぐにおさまるよ。それに、こんなに笑ったのは、ひさしぶりだ」

それでも、おつやは湯呑みにぬるま湯をいれてきて、半身を起こした吉兵衛に飲ませてやった。

「柏屋では、手代となった者が幸次郎をなのる。手代の名はほかにもあってね、番頭になれない者が幸次郎をなのるが、それでも柏屋をやめれば、なのってはいられないんだよ」

「幸次郎さんは、柏屋さんをやめなすったんですか」

「いや、やめさせた」

おつやは口を閉じた。いったい何をしたのだろうと思った。吉兵衛が、また嬉しそうに笑って咳き込み、あわてて湯呑みに残っていたぬるま湯を飲み干した。

「幸次郎は、親がつけてくれた佑三郎という名前に戻って、今は菅笠問屋《すげがさどんや》の番頭になっているよ」

「え？」

吉兵衛は湯呑みをおつやに渡して、床へ横になった。

「お前のところへきていた時に、話さなかったかえ。あの男はもと、小舟町《こぶなちょう》の菅笠問屋に奉公していたんだよ」

「それは、旦那様から伺ったような気がします」

「そうかえ。花垣《はながき》という菅笠問屋で、主人は代々透右衛門《とうえもん》さんというのだが、先代が早死しなすってね。幸次、いや佑三郎は、今の透右衛門さんの叔父さんが店をきりまわしている時に、花垣へ奉公したんだよ」

が、しばらくして花垣は暖簾をおろした。借金がかさみ、菅笠問屋の株を売る破目となったのである。なぜそこまで借金がふえたのか、よくわからない。噂では、透右衛門の後見人となっていた叔父が、透右衛門の成人する前に、自分の店として畳表問屋を手に入れておこうとむりをしたのではないかという。まったく根も葉もない噂ではないようだった。

佑三郎は柏屋を頼り、一つ年下の透右衛門も遠縁の羽根問屋にひきとられたそうだが、彼はまもなく羽根問屋を出て行った。

「塩売りからはじめて、針売り、魚売りと、稼げることなら何でもやったそうだ。で、爪に火をともすようにして金をためていたんだそうだよ。そんな透右衛門に出会って、自分も一所懸命に給金をためはじめたのが、佑三郎なんだよ」

そのあとは、聞かなくともわかる。二人が必死にためた金で、菅笠問屋の株を買い戻すことができたのだろう。

「佑三郎は、柏屋が雇ってくれたことを恩に着ていてね、柏屋の手代で生涯を終えるつもりだと言うんだよ。透右衛門が花垣へ帰ってくれと頼みにきているのに、ばかなことを言っているんじゃないと追い出してやった」

つめたい風が吹き込んできたような気がして、おつやは立ち上がった。縁側の障子も、表口へのそれも閉まっていた。だが、つめたい風は吹きつづけている。もう、幸次郎はいないのだ。病んだ吉兵衛をかかえて頼りたい人を、当の吉兵衛が追い出してしまったのである。

「いいかえ」

吉兵衛の声が聞えた。

「佑三郎は、番頭だよ。いつでも女房をもらえるんだよ。主人も番頭も若いというので、大番頭は今のところ、昔、花垣の番頭だった男がつとめているが、まもなく佑三郎が大番頭になるのは間違いない」

　そこまで言って、吉兵衛は目を閉じた。

「疲れた。少し、眠るよ」

　おつやは、吉兵衛が腹のあたりまで下げていた搔巻を、胸まで引き上げてやった。吉兵衛は、大きく目を開いておつやを見た。

「そうそう、言い忘れたが、佑三郎はお前に惚れてるよ」

　ご冗談をという言葉は、声になってくれなかった。


　吉兵衛は、年が明けた二月の末の、暖かな日にあの世へ旅立った。その前日、折り畳んだ夜具に寄りかかって、雑草の芽で青くなってきた庭を嬉しそうに眺めていたので、大往生と言ってよいかもしれなかった。

　それでも、おつやはあわてふためいて医者を呼び、息が絶えていると知らされると、吉兵衛の遺骸にとりすがって泣いた。吉兵衛との年齢差を考えれば、こういう日のくることはわかっていた筈なのだが、それでも早過ぎると思った。

　泣いてばかりはいられなかった。面倒なことが待っていた。生前、吉兵衛は、柏屋とは縁を切ってきたのだから自分が死んでも知らせてくれるなと言っていて、事実、吉兵衛が持ってきたもののほか、柏屋から小僧が月々のものを届けにくることはなくなっていた。が、正妻であるおあさや、血を分けた娘のおせいに知らせぬわけにはゆかないだろう。

野辺の送りをすませる前に知らせておこうと思った。そう思いはしたものの、大伝馬町へ向かう途中で幾度引き返そうとしたかわからない。柏屋へは知らせるなというのは吉兵衛の遺言といってもいいし、おつやも、おあさやおせいの顔は見たくない。

考えた末、おつやは、小舟町へ行くことにした。小舟町の花垣には、幸次郎がいる。吉兵衛は幸次郎を柏屋から追い出したと言っていたが、言うまでもなく花垣へ帰してやったのだ。吉兵衛が他界したと知れば、幸次郎も線香をあげたいと言ってくれるだろう。柏屋へは、幸次郎から知らせてもらおうと思った。番頭となった幸次郎にそんな用事を頼むのは心苦しいが、おあさやおせいにしても、おつやから夫であり父である男の死を聞くよりもよいにちがいなかった。

小舟町の花垣はすぐにわかった。紺色の暖簾や日除《ひよ》けが新しい上、小僧が店の前をていねいに掃いていて、一目見て、奉公人達が若い主人のもとで一所懸命に働いているとわかる店であった。

店の前を掃いている小僧に、番頭の佑三郎を呼んでくれるように頼んだが、留守だという。柏屋にゆかりのある者だと言っても答えが変わらないところをみると、わるい女だと警戒されているのではないようだった。

やむをえなかった。おつやは、幸次郎へのことづけを頼んで踵《きびす》を返した。翌日の野辺の送りには、幸次郎も顔を出してくれるにちがいないが、おあさやおせいはこないだろうと思った。

だが、意外なことに幸次郎はこず、おあさが駕籠に乗って駆けつけた。集まってくれた近所の人達をかきわけるようにして遺骸の前に坐り、じっと吉兵衛を見つめて、涙を拭ったのである。おつやは、思わずおあさの前に両手をついた。

「申訳ございません。何もお知らせせず、勝手なことをいたしました」

「いえ、いいんだよ」

おあさの声を聞くのははじめてだった。先代吉兵衛の追善供養が行われた時に、おつやも台所の隅にいたのだが、おあさはことさらに知らぬ顔をしていて、「お手伝いを有難うございました」といういやみな口調の礼も、娘のおせいが言いにきた。そばへも寄せない嫌いな聟であっても、その聟が囲った女は憎いにきまっていた。

「この人はお前とは縁をきる、これからは後家として、好きなように暮らしてくれと言って出て行ったんだから。その言葉通り、わたしも好きにさせてもらいました」

そう言いながら、おあさは吉兵衛を見て涙を拭った。

「でもねえ。ふざけたことを言うなと、おつやさんにもこの人にも言われるだろうけど、この人がいなくなっちまってからは、何をしても面白くなくってね。ええ、おせいに叱られながら、若い男とも遊んだけど、何でこんな男と遊んでいるんだろうと、ばかばかしくなっちまって」

その言葉にも答えられなかったが、おあさは「そうだよねえ」と言って笑った。

「おかみさんがいけないんですと思ったって、口にゃ出せないものねえ」

おあさはまた涙を拭って、おつやの肩に手をおいた。

「よく知らせておくれだった。お前さんがまだ、わたしを吉兵衛の女房だとたててくれてるんだと嬉しかったよ」

「そう言っていただいて、私も嬉しゅうございます」

「吉兵衛を嫌っていたのだから、ほんとうは嫌いな男の面倒をみてくれるお前さんに礼を言わなければいけなかったのだけど。お前さんが羨ましくってね」

「私が、でございますか」

「そうですよ。わたしは嫌いな男とむりやり所帯をもたされたけど、おつやさんは、決して嫌いではない男と仲睦まじく暮らせたじゃないか。もっとも、吉兵衛のどこが気に入ったのか、よくわからないけど」

おつやにとって、吉兵衛は決して嫌いな男ではなかった。確かに風采の上がらない男ではあったけれど、おつやの気持を先まわりして察してくれるようなところがあって、よい人に巡り会えたと心底から思っていた。

「それが羨ましいんですよ。今更言ってもはじまらないけれど、わたしだって好いた男と所帯をもって、たまには商いの話相手にもなって、仲よく暮らしたかった」

おつやは、ふたたび口を閉じた。おあさはおつやの肩に置いていた手でおつやを軽く揺すり、「あとはお願いしますよ」と言って立ち上がった。表口の外まで見送って戻ってくると、金が包んであるにちがいない服紗《ふくさ》がさりげなく置かれていた。

表口の戸があわただしく叩かれたのは、その翌々日の夕暮れだった。

「おつやさん、おいでですか。佑三、いや幸次郎です。お腹立ちでしょうけど、お線香を上げさせて下さい」

おつやも、あわてて心張棒《しんばりぼう》をはずしに土間へ降りた。吉兵衛の死後、妙に心細くなって、出入口の戸は早めに閉めるようになっていたのだった。心張棒をはずす音が聞えたのだろう、表から幸次郎、佑三郎が戸を開けて、転がるように中へ入ってきた。手甲脚《てこうきゃ》絆《はん》に十徳《じっとく》という旅姿で、わずかな間に人はこれほど変われるのかと思うほど、恰幅《かっぷく》のよい商人になっていた。

「申訳ないことをいたしました。知らなかったといいながら、旦那様の野辺の送りにも顔を出せず、ほんとうにすみません」

「旅に出てなすったのですか」

「商用で下総まで出かけておりました。たった今帰りまして、主人の透右衛門から話を聞き、飛んでまいりました」

「そうだったんですか」

「主人が柏屋へ知らせてくれましたので、その上のご無礼だけは避けられたのですが」

この人がこないわけがないと思ってたと、おつやは胸のうちで呟いた。佑三郎は、おつやがはこんできた桶《おけ》の水で手足を洗い、これだけは用意してきたらしい足袋をはいて部屋に上がった。仏壇の前の経机には白木の位牌がのっていて、佑三郎はその前で長い間頭を下げていた。

吉兵衛に話したいことは山ほどあったのだろうと思った。同様に、おつやにも話があるのではないかと思ったが、佑三郎は位牌に深々と頭を下げると、まもなく日が暮れるからというようなことを口の中で言って帰って行った。

翌日、何をする気にもなれず、一面緑色となった庭を眺めていると、案内を乞う男の声が聞えた。だるい軀をひきずって表口へ出て行くと、格子戸の外で、見知らぬ男が近くの路地へ向かってしきりに手招きしていた。

おつやは格子戸を開けた。男は「失礼をいたしました」と笑った。

「花垣透右衛門と申します。一人では、ろくに話もできない男を引っ張ってまいりました」

路地から出てきたのは佑三郎だった。

「さあ、出してお見せしなさい」

が、佑三郎は俯いたまま手を動かそうとしない。

「しようのない男だな。あの手紙はこの男が——」

「いいえ、わたしが言います。おつやさん、いつぞや柏屋の旦那様宛てにおせいさんがお書きになった手紙を隠したのは、わたしです。旦那様と一緒の時のおつやさんが、あんまり幸せそうだったので」

「おつやさんを幸せにしておきたいと、この男なりに考えたのですよ」

と透右衛門が笑った。

「が、番頭さん、お見せするものは、もう一つあるだろう」

佑三郎は答えずに俯いて、耳朶《みみたぶ》まで赤くした。

「困った男だなあ」

と言ったが、透右衛門は佑三郎を好もしそうに見た。

「柏屋の旦那様から、おつやさんをよろしくという手紙をいただいたのだろうに。それに、番頭さんの住む家も借りたじゃないか」

草のにおいのする風が通って行ったようだった。

いつのまにか

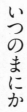

考えまい、と思う。が、考えてしまうのだ。何か起こるのではないか、こんなに平穏無事でいられる筈《はず》がない、きっと何か起こるにきまっている、そう考えてしまうのだ。当然のことだが、夫の伊三吉《いさきち》は、何も起こる筈がないと言う。しまいには腹を立てて、何かとはたとえばどんなことだと問いつめる。お俊《しゅん》は答えられない。何が起こりそうなのか、そして、なぜ平穏無事でいられる筈がないのか、まったくわからないからだ。

貧乏と絶え間ない父母のいさかいと、苦労を重ねて育ったのに、十六歳で伊三吉のもとへ嫁いできて四年、贅沢《ぜいたく》はできないまでも、質店へ通うような貧乏とは縁が切れた。小さな口喧嘩は始終あるが、平穏無事のうちに入るくらいのものだった。隣家の女房などは、「お俊さんとこじゃ、喧嘩のけの字も知らないだろう」と、なかば呆《あき》れたように言っている。

だが、かえってそれが不安になる。こんな穏やかな暮らしがいつまでもつづくわけがないと思う。ことによると、もうすでにこわれていて、けだるくなるほど穏やかだった頃の夢を見ているのではないかと思うのだ。

「また、つまらねえことを考えてら」

と、伊三吉が興醒めしたように言った。寝返りをうって背を向ける。お俊は、はっと我にかえって伊三吉の背に頬をつけた。

「こわいんだもの」

「ばか」

伊三吉はもう一度寝返りをうって向き直り、お俊を抱き寄せた。

伊三吉が、お俊に触れた。伊三吉の手は荒れている。そのせいだろうか、伊三吉の触れている部分の肌のなめらかさが、お俊自身にもよくわかる。一瞬、不安は消えて、瘦せて小柄な軀がふっくらと豊かな軀になったような、そんな気持になった。

大丈夫だ、何も起こりはしない。去年も今年も伊三吉と両国へ遊びに行って、去年は両国橋西側に出ていたゼンマイ仕掛けの人形を見て、今年は駱駝を見て帰ってきた。伊三吉の肩につかまって背伸びをするなど、そんなことが嬉しくて、家に帰ってきた時に罰《ばち》が当るのではないかと思ったけれど、何もなかった。

おそらくこのまま師走《しわす》になって、いそがしいいそがしいと言っているうちに年が明けて、今年と同じ来年がくる。心配することは何もないのだ。

「眠ったのか」

と、伊三吉が言う。目をつむったまま、お俊はかぶりを振った。ふふ、と伊三吉は笑ったのか溜息《ためいき》をついたのか、柔らかな息が耳に触れる。お俊は、伊三吉のふところに頬を埋めた。伊三吉のにおいがした。伊三吉には、甘い糊《のり》のにおいと紙のにおいの入り混じったにおいがしみついている。表具師の伊三吉だった。お俊は、半身を起こした。男の声がお俊を呼んでいた。

ざわめきが聞えた。誰かが騒いでいるようだった。お俊は、半身を起こした。男の声がお俊を呼んでいた。

お俊は、もう眠りにおちていた伊三吉を揺すった。

「ん？」

目が覚めぬようだった伊三吉も、誰かの声が聞えるとお俊に言われ、はずみをつけて起き上がった。

音をたてて風が通り過ぎてゆく。その風の声のすきまから、今度ははっきりと、「お俊姉さん、お俊姉さん」と呼ぶ声が聞えた。

「文次郎です。今時分、どうしたってえんだろう――」

伊三吉は、床から滑り出て枕元の着物をはおった。

「そうらしいな。お前《めえ》、お条姉《くめねえ》さんから何も聞いてねえのかえ」

「何にも。姉さんに会う用事もなかったし」

伊三吉は、足早に部屋を出て行った。表口の錠をはずし、戸を開けている。お俊は、火打ち石をとった。なぜか、手が震えている。行燈《あんどん》に灯をともしたいのだが、うまくゆかない。火打ち石は、力いっぱいすりあわせても、小さな火花を散らすだけだ。

きた、とお俊は思った。弟の文次郎が、ではない。文次郎は、今でこそ素行がおさまらないが、幼い頃は、どこへ行くにもお俊のあとについてきたものだ。近所の仲よしと三味線の稽古に行く時でさえあとについてきて、友達もさすがに呆れたのだろう、「文ちゃんって、一人でお留守番もできないの」と目を丸くしたことがある。

「文さん。文さんかえ」

家の前の道に立って、伊三吉は左右を見廻していたが、首をかしげて戻ってきた。

「おかしいな、どこにもいねえぞ」

お俊は、火打ち石を放り出して立ち上がった。外は月夜で明るかったが、小石混じりの強い風が吹きぬけてゆく。伊三吉は顔をしかめながら、また道の真中へ出て行った。お俊も大急ぎで下駄をはき、伊三吉のあとを追った。

「空耳《そらみみ》だったのかしら」

「いや、俺も聞いた」

寒かった。両手で抱きかかえていても肩がふるえ、歯がかちかちと鳴った。

「そんな恰好で飛び出してくるから。うちん中へ入《へえ》っていねえな」

「でも、文次郎が」

もしれねえ」

「心配《しんぺえ》するこたあねえさ。この辺を通りかかった文さんが、気まぐれに戸を叩《たた》いたのか

「まさか」

「お前《めえ》の弟なら、やりかねねえさ。泊めてもらおうと思ったが、急に気が変わったのだろうよ」

「なら、このあたりにいそうなものだけど」

「気が変わったんだよ。ま、その辺を探してはみるが」

行かないで、と言おうと思った。文次郎はここにいそうだと言ったのは自分だったが、見つけてもらいたくないような気持もある。文次郎の声を聞いた時、「きた」となぜか思ったのが気になるのだ。

子供の頃から、こんなに幸せでよいのだろうかと思うことがあった。十五、六になると、わたしのような者がいつまでも幸せでいられるわけがないと思うようになり、嫁いでからは、ますます濃くなったその不安を、亭主の伊三吉に笑われるようになった。が、今、これといった根拠はないのだが、文次郎が穏やかでないものを背負ってきたように感じるのだ。

伊三吉は、風に向って走り出した。行かないでおくれ、風邪をひくといけないから行かない方がいいと、のどもとまでこみあげてきても、声は出ない。文次郎は内心わたし

を頼りにしているのではないかと思うと、伊三吉に探してもらった方がよいとも思う。

お倭は家の中へ入った。行燈に火を入れなかった家の中は暗く、掃除をして塵一つない仕事場の床《ゆか》はつめたかった。

文次郎が来た。何をしに？

その言葉ばかりが頭の中をぐるぐるまわる。

文次郎は、年が明ければ十八歳になるというのにまともな仕事につこうとせず、いまだに姉のお粂夫婦の世話になっている。いい加減働く気におなりと、お倭も会えば叱言を言うのだが、文次郎の答えはきまっていた。「おふくろが死んだあと、親父が俺を追い出すようにして奉公に出したから」というのである。錦絵の絵師になりたいと言っていたのをむりやり建具職人の家にあずけられたというのである。・

はじめからいやだった建具職人の仕事に夢中になれるわけがない。その上、親方が厳しかったせいもあって、文次郎は、その家を飛び出してきた。用水桶の陰に蹲《うずくま》っていて、家の外へ出たお倭を「姉ちゃん、姉ちゃん」と低声で呼んだ文次郎の姿は、まだ脳裡に焼きついている。

「姉ちゃん。姉ちゃんからも親父に頼んでくんなよ。俺、建具屋にはむいてねえんだ」

文次郎と親方が反《そ》りの合わぬことを知っていた父も、しぶしぶ家に戻ることを承知した。「他人のめしを食わなければだめだ」が口癖だったので、機《おり》をみて別の職人にあずけるつもりだったのだろうが、それから半年たたぬうちに、「妙に疲れる」と言い出して床《とこ》についた。

お俊は、醬油酢問屋に奉公することがきまっていた。文次郎は、「行っちまうの、姉ちゃん」と唇を尖らせた。お俊は十三で、文次郎は十一だった。

「行くよ。姉ちゃんだって、お作法を覚えなくっちゃしょうがないもの」

と、お俊は答えた。

疲れたと言いつづけている父と、文次郎を二人きりにするのは不安ではあったが、まさか父がそれからまもなくあの世へ旅立つとは、考えてもみなかった。

「姉ちゃん、帰ってきてくんなよ」

と、文次郎は醬油酢問屋までお俊をたずねてきて言った。問屋の主人夫婦も、お俊が望むなら暇を出してもいいと言ってくれたが、

「いいよ、文次郎はわたしがひきとるよ」

と、姉のお条が言ってくれたのは、父の四十九日が過ぎた時だった。お条は、年上の幼馴染みが出した縄暖簾を手伝いに行ったのを父に咎められ、それ以来家に寄りつかなくなっていたが、その頃は、店の客だった畳職人と所帯をもっていた。

お条の亭主の亮吉は、お俊が見ても人のよい男で、「文ちゃんと一緒に仕事ができるなんざ、楽しみだな」と言っていたらしい。が、やはり、文次郎は仕事を覚えようとし

なかった。可愛い顔をしているので、用心棒という名目で家に置いてくれる女もいるらしく、お条の頭痛の種になっていたのである。

血を分けた弟だけどさ、いえ血を分けた弟だからなお、憎らしくなることもあるんだよとお条は言っていた。人のよい亮吉にまで迷惑はかけられないと、お俊の家へ文次郎をよこしたのだろうか。

わたしだって、伊三吉に迷惑はかけられない。かけられないけど。

「姉ちゃん、帰ってきてくんなよ」と、醬油酢問屋をたずねてきた文次郎の姿が目に浮かぶ。

あのとき、ひきとってやれなかったし。わたしも探しに行こう。

お俊は綿入れをはおって、戸を開けた。砂をまきあげた風が、家の中へ流れこむ。一瞬、目をつむったお俊が、袂《たもと》で口をおおいながら目を開くと、文次郎が懐手をし、薄笑いを浮べたあごを衿《えり》の中へ埋めて立っていた。

早口なお条の言葉に頷《うなず》くだけで、お俊には言いたいことを言うすきまさえない。お条は息もつかずに喋《しゃべ》り、興奮して涙を流した。

口惜しいじゃないか、とお条は言う。

世間の人は、何にも見ちゃあいないんだよ、何にも見ちゃあいないくせに、一人前に悪口を言うのさ、お前だって知っているだろう、文次郎は、わたしがひきとってやったんだよ、いいかえ、ひきとってやったんだよ。

ええ、とお俊は頷く。

おまけに、うちの人は人がいいものだから、あの子を一人前の職人にしてやろうとした。うちの人の言うことを素直に聞いていれば、今頃は年相応な稼ぎもしただろうに、絵師になりたいだの何だのと言ってさ。そりゃあ、絵師でも一人前になりゃあいいさ、でも、何をやってもつとまらない子が、絵師になりそこなったらあとはどうなるんだい、わたしゃ、よせと言ったよ、ええ、言いましたよ、言うのは当り前じゃないか、それを、姉さんがわからずやだから、文さんが道を踏みはずしたってなあ、どういうことだい。

お俊は冷えた茶をすすった。

絵師になりそこなった半端《はんぱ》な人間を世間が面倒みてくれるわけじゃなし、それどころかはじき出そうとするくせに、道を踏みはずした人間を見ると、もっともらしい顔をしてそんなことを言うんだ。両親が早くいなくなろうが姉さんがわからずやだろうが、真直ぐな子は真直ぐに育つんだよ、ほんとに、何にも見ちゃあいないんだから。

お俊は、膝の上でもてあそんでいた茶碗を盆の上に置いた。

あの夜以来、文次郎はお俊の家に泊っている。伊三吉と通いの職人が一仕事すませた頃に起きてきて、遅い朝食をすませ、仕事を探してくると言って出かけて行く。つてを頼って錦絵の絵師に弟子入りを願ってみるなどと言って出かけることもある。

嘘であるのはわかっていた。二、三日帰らぬ時もあり、その時はなにがしかの金を懐にしているらしい。

女にもらった金であるかどうか知らないが、少くとも働いて得た金ではないだろう。お倹は、文次郎がその金で買ってきた物まで汚ならしく思えた。大事そうに懐へ入れてきた大福餅なぞ、姉さん食べてくれと差出されても、それが生暖かいだけに気持がわるく、一口食べるともてあましてしまう。

我慢ならないのは文次郎がお倹と伊三吉の間に割りこんでくることであった。二階に文次郎を住まわせているのだが、夕飯を食べ終えても階段を上がって行こうとしない。近所の飼い猫やよく遊びにくる子供のことや、芝居の評判などを茶請《ちゃう》けにしてゆっくりと茶を飲んでいた食後の世間話も、むりやりねじ曲げようとする。

そんなことよりさ、経師屋《きょうじや》は、めしまで糊のにおいがするぜ。

他人の子供を褒めていねえで、手前《てめえ》の子供を作ればいいのに。姉ちゃんも年齢《とし》だぜ。

そしてお倹の顔色を窺《うかが》って、おっと、余計なことを言っちまったと首をすくめる。そのくせ、二人のそばを離れようとしないのである。

床についてからも、お倹は二階から文次郎が降りてくるような錯覚に襲われた。伊三吉も同じ不安にかられるとみえ、近頃は床につくと直ぐ、お俊に背を向けて眠るようになった。

お俊は、次第に文次郎がうとましくなった。それでも文次郎が幾日も家を明けると心配になり、そわそわと仕事場を通り抜けて行って、家の外で待っていたりする。仕事を終えた伊三吉が、「湯屋へ行く」と言ったのに気づかなかったこともあって、あれほど穏やかだった伊三吉が不機嫌な表情を浮かべるようになった。文次郎のいない夜も、お俊の世間話に心なしか気ののらぬ返事ばかりするのである。

やっぱりきた。そう思った。何か起こるのではないかと、あれほど心配をしていたのに、こんなかたちできてしまった。わたしのような女が、ずっと幸せでいられるわけはないと思っていたけれど、伊三吉との間に溝ができるのは耐えられない。

お俊は、畳町にあるお粂の家をたずねた。伊三吉との溝がひろがらぬうちに、もう一度文次郎をあずかってくれぬかと頼むつもりだった。お粂が「わたし一人に押しつけて」と言ったならば、「一年でいい」と答えようと考えていた。一年あれば、伊三吉との間にある溝は、きれいに埋められると思った。

昨年生れた女の子を背負い、四つと三つになる男の子を「みんなと遊んでおいで」と外へ連れ出してから家へ戻ってきたお粂は、腰をおろすなり「だから、言っただろう」と肩をすくめてみせた。

「血を分けた弟だからなお、憎らしくなることがあるって」

「いえ、憎らしいというより困ってるの。うちの人が不機嫌になっちまって」

「当り前だよ」

お条は、女の子を背からおろして乳を含ませた。

「お前は、昔っから文次郎を甘やかしてたもの。姉のわたしがそう思うんだから、伊三吉さんが、なんでそんなに甘やかすんだと面白くなくなるのは当り前だよ」

追い出しちまいな、とお条は言った。

「追い出されりゃ、あの馬鹿野郎はうちへくるよ。そうしたら、しょうがない、うちで一年くらい面倒をみるよ。あの馬鹿野郎、亮吉の知り合いに亮吉の悪口を言ったりするんだもの。わたしだって、もう一度文次郎をあずかるなんて言えないんだよ」

追い出しちまいなと、お条は繰返した。お俊は、うなずいてお条の家を出た。が、お条と会っている時はそれよりほかはないと思えたのだが、歩き出すと、そんなことはできないと思えてきた。文次郎は、取上婆が母に抱かせたあと、庭に出ていたお俊を呼んで抱かせてくれた弟だった。ふわふわとやわらかくて、落としてしまうのではとこわくなって、取上婆に笑われたものだった。

明日から師走だった。師走、というだけで心せわしくなるのか、知らぬ間に早足になっていた。空は灰色で埃っぽく、どこの家からか、子供を叱る母親の甲高《かん》い声が聞えてきた。

南伝馬町の通りへ出た。お俊の家は、炭町寄りの三丁目にある。

勝手口から家の中へ入った。文次郎は、また昨日から家を明けている。階下から二階を見上げたが、ひっそりとしていた。まだ帰っていないらしい。

仕事場と茶の間を区切っている障子を、そっと開けた。伊三吉は刷毛《はけ》を握っていた。絵の裏側に水を引くところだった。下手な職人が水を引くと、絵の具が散ってしまうという。お俊は、ちょうど裂地《きれじ》を取りに立った職人に、帰ってきたことを伊三吉に知らせてくれと目で頼んで障子を閉めた。

疲れたと思った。くるぶしに鈍い痛みもあったが、お俊は針箱を取出した。職人の惣助は、通いなのだが独り者で、盆と暮には新しい着物を渡してやる。伊三吉には、元日の朝の枕許に新しい着物を置いておくのがきまりだった。

だが、今年はもう一枚縫わねばならない。居候なのだし働かないし、伊三吉と同じようにしてやっては申訳ないと思うのだが、十一、二の頃から浴衣くらいは縫えたお俊の手許を見て、「姉ちゃん、偉いんだねえ」と感心した文次郎を思い出すと、やはり、安いものでも縫ってやりたくなる。追い出すなど、とうていできそうになかった。

ふいに障子が開いて、伊三吉が顔を出した。

「何か用かえ」

「え？」

お俊は不審そうに伊三吉を見た。

「用じゃねえのか。惣助が、お前《めえ》が呼んでいたというから来たんだが」

「ああ、あれは、わたしが帰って来たって、そう言ってくれって頼んだんです」

「何でえ」

伊三吉は、茶をいれようと腰を浮かせたお俊に、まだいいとかぶりを振ってみせた。

障子に手をかけ、視線をそらして言う。

「正月の着物かえ」

「ええ」

「俺のはいいぜ」

「どうして」

お俊は驚いて伊三吉を見た。伊三吉は、答える前に仕事場へ降りて行った。

「三枚も縫うんじゃあ、お前《めえ》が大変だと思ってさ」

お俊は震えながらうつむいた。俺の着物は縫わなくてもいいとは、文次郎の着物など縫ってやるなということではないか。それよりも、あの声のつめたさはどうだ。言いたくて言いたくてたまらなかったことを、精いっぱい気持を抑えてお俊に伝えたように思えた。

高望みをするんじゃないと言っていたのは、母だった。高望みとは叶えられないから高望みというんだからね、叶わなくってがっかりするとわかってるのに高望みをすることあないんだよ。

だからこそ、お俊は多くを望まないようにつとめてきた。思いがけない幸運を手にした時、たとえば醬油酢問屋で働いていた時に伊三吉と出会った時や、夢の中でも恋しいと思った伊三吉から一緒になろうと言われた時などは、どうぞこの幸運を取り上げられませんように、何事も起こりませんようにと、毎朝、お天道様《てんとうさま》ののぼる東に向かって手を合わせたものだった。

大丈夫、何も起こりはしない。そう思う。文次郎があらわれた時、「きた」と、妙な予感に襲われたが、文次郎は血を分けた弟ではないか。それは、伊三吉にもわかっている。わかっているけれども――。

ふと風が吹きぬけていったような気がした。

寒《さむ》。

身ぶるいをして、衿もとをかきあわせる。もしかしたら、何かが起こる前触れではないだろうか。

まさか、まさか。伊三吉は、お俊が根《こん》をつめるのを心配して、「俺のはいい」と言ってくれたのだ。

でも、用心した方がいい。もし伊三吉に嫌われたら、わたしはどうしていいかわからないもの。

お俊はふるえる手で、反物を風呂敷に包んだ。当分の間、裁縫などすまいと思った。が、惣助の着物を縫わぬわけにはゆかない。文次郎が一度帰って、また出かけて行ったと知ったのは、その数日後のことだった。惣助の着物を縫う糸が足りなくなり、買いに行った留守のことだった。

「おう、一足ちがいだったな」

と、伊三吉は仕事場から、茶の間へ戻ったお俊に声をかけた。

「礼を言いに帰《けえ》ってきたんだとさ」

「お礼ですって」

お俊は、鸚鵡《おうむ》返《がえ》しに尋ねた。

「何のお礼？」

障子を開けると、刷毛《はけ》を持って立っている伊三吉と目が合った。

「俺の方が、わからなかったよ」

伊三吉は首をすくめた。文次郎は、伊三吉の怪訝《けげん》そうな視線に出会うと、薄笑いを浮かべて額をたたき、こいつはいけねえとおどけてみせたという。

「実は、姉貴にちいっとばかり小遣いをいただきやしてね。義兄《にい》さんに内緒だとは思わ

る。

伊三吉が、掛軸《かけじく》にする絵の前に蹲った。惣助がその隣りで腰をかがめている。

「お前さんに内緒でなんか」

と言いかけて、お俊はあとの言葉をのみこんだ。伊三吉は、仕事にかかると仕事のこと以外で話しかけられるのを嫌う。お俊が自分にかくれて文次郎に小遣いを渡していると誤解していても、しばらくは放っておくよりほかはなかった。

それにしても、文次郎はいったい何を考えているのだろう。伊三吉に内緒でお俊から小遣いをもらったといえば、伊三吉が不愉快な思いをするだけではないか。しかも、お俊は文次郎に小遣いなど渡していないのだ。

お寒《さむ》。

衿もとをかき合わせても、つめたい風が背中に入ってくる。伊三吉は、寝床へ入ってからお俊がするつもりの言訳に、うなずいてくれるだろうか。「わかったよ」と面倒くさそうに言って、背を向けるのではあるまいか。

お俊のたいせつな、これだけはこわしたくない伊三吉との暮らしがこわれてしまう。

「お俊」

お俊は我にかえった。

「湯屋へ行ってくる」

「惣さんは」

「もう帰った」

お俊は、台所の隅に干してあった手拭《てぬぐ》いを持ってきた。伊三吉は、ひったくるように受け取って、仕事場から外へ出て行った。とりつく島もなかった。

お俊は、夕食の仕度もせずに茶の間に坐った。伊三吉にも文次郎にも、言ってやりたいことが胸のうちで渦をまいていた。鉄瓶の湯が沸いて、湯気で押上げられたふたが鳴った。

朝夕湯屋へ行くかわり、からすの行水の伊三吉は、すぐに戻ってきた。まだぼんやりと坐っていたお俊は、あわてて立ち上がった。いつもなら晩酌の燗がついている筈だったが、伊三吉はどうしたのだとも言わず、湯屋へ行ってきた手拭いを音をたててひろげた。

「めし」

「え。お燗はすぐにつきますけど」

「酒はいい」

伊三吉は、短く答えて長火鉢の前に腰をおろした。

いそがしくなった。伊三吉は、湯豆腐があれば酒を飲んでくれるが、ご飯を食べる時は味噌汁と香のもののほかに、もう一品を欲しがる。とりあえず湯豆腐の鍋を長火鉢にかけ、七輪に火をおこすことにした。が、ねぶかの味噌汁がよいにおいを漂わせはじめると、伊三吉が台所に出てきて、飯茶碗と汁椀を棚からおろした。

「すみません、すぐに干物を焼きますから」

「いいよ。湯豆腐でめしを食うから」

「もう、おみおつけはできたんですよ」

「それじゃ、よそってくれ」

「あの」

お俊は、汁椀をうけとってから伊三吉を見た。

「あの、わたし、文次郎に小遣いなんざ、やっちゃいません」

「いいじゃねえか。姉が可愛い弟の面倒をみているんだ、小遣いくらい、くれてやりねえ」

「ほんとにやっちゃいないんですよ」

「お俊」

伊三吉は、お俊の持っている汁椀を奪い取った。しゃもじも奪い取って、味噌汁をすくう。

「俺あ、お前《めえ》が弟に小遣いをやったって怒りゃしねえ。が、陰でこそこそやられるのが癪《しゃく》にさわるんだ」めし、と伊三吉は飯茶碗をお俊の手に押しつけて茶の間へ戻って行った。

ようやく軀が暖まった。お俊は、ていねいに軀を拭き、綿入れを羽織った。顔見知りの女に「年寄りだよ、それじゃ」と笑われたが、「いいの、これで」と笑い返し、かたくしぼった糠《ぬか》袋や手拭いなどを入れた桶《おけ》を持って湯屋を出た。

長湯をしたので、宵の五ツ近くになったかもしれない。つめたく光る月が出て、足もとの小石まで青白く凍っているように見えた。それでもまだ、湯屋の前は桶を抱えて帰る人、手拭いを肩にかけて走ってくる人などで、足音が絶えなかった。

風は乾いていた。お俊はあいている手を袖の中に入れ、早足になった。気がつくと、金魚のかたちをした木片が落ちていた。母親か父親に背負われて湯屋から帰る子が、ついうとうとして落したおもちゃにちがいなかった。お俊は、お俊が金魚を描いてやった反古紙《ほごがみ》を、湯屋へ持って行くと言って泣いた文次郎を思い出した。前日の湯屋で、金魚のおもちゃを持った子供を見たのだった。

「あの頃は可愛かったんだけど」

安い金魚のおもちゃを買うのに、どれほど苦労したことか。きんぎょ、と言って泣いていた文次郎と、金魚の木片を落した子供の姿が重なった。

お俊は、木片を道の端へ運んだ。道で落したことに気づいて、探しながらくる人には、簡単に見つけられるだろう。

指についた泥を手拭いになすりつけるようにして拭く。ふと人の視線を感じて顔を上げると、近くの家の軒下に文次郎が立っていた。

文次郎は、お俊が気づいたと知ると、ゆらりと動いてお俊の前に立った。どこから帰ってきたのか、風呂敷包みをさげていた。

「どこへ行ってたのさ」

「うちへ帰ったんだよ、ひさしぶりに」

「うちって、わたしのうちかえ」

「そうだよ。ほかのどこに俺のうちがあるんだよ」

お俊は黙って文次郎を見た。

「そんな目で見るねえ」と、文次郎は言う。

「俺あ、お前《めえ》の弟なんだぜ、姉ちゃん」

「それはわかってるけど」

文次郎が、風呂敷包みを持ちかえた。包まれているもののかたちが、よくわかった。

細長い箱が、三、四本入っていた。お俊の家にあるものの中で、細長い箱といえば伊三吉の仕事にかかわるものしかない。

お俊の視線に気づいた文次郎は、お俊のわきをすりぬけて歩き出した。風呂敷包みも躯の脇から前へ廻し、すねで蹴るようにして歩いている。

「お待ち」

文次郎は、足をとめてふりかえった。

「その風呂敷は、何を包んでいるんだよ」

ふふ、と文次郎は笑った。

「お察しの通り、掛軸《かけじく》だよ」

「掛軸だよって、お前、それをどこから持ってきたんだよ。そりゃうちには何幅もおかけじはあるけど、みんな、お客様からおあずかりしたものなんだよ」

「そんなこたあ、わかってるよ。でも、金がいるって言ったら、義兄《にい》さんが持ってけと言って渡してくれたんだ」

「嘘をおつき。うちの人が、そんなことをするわけがない」

「するわけがないったって、俺がこうして持っているのが、何よりの証拠じゃねえか」

「わかったよ。それなら、ちょいとうちまで戻っておくれ。ほんとうにお前に渡したのかどうか、うちの人に聞いてみようじゃないか」

「いやだよ」文次郎は、思いきり顔を歪めてみせて走り出した。

「お待ち」

駆けっこではかなう筈がなかったが、あわてて包んだにちがいない風呂敷の結び目がとけて、掛軸を入れた箱や丸めただけの掛軸が地面に落ちた。お俊は、夢中で拾い集めた。皆、伊三吉が張替を頼まれたものばかりだった。見覚えのある木箱に入っているものは、高名な絵師が描いた白梅図の筈で、もし文次郎に持ち出されていたなら、伊三吉の面目が丸つぶれとなるところだった。

「文次郎」

怒りに軀が震えた。

「出てお行き。わたしのうちは、もうお前のうちじゃないよ」

「勘弁してくんなよ、姉ちゃん」

文次郎は、薄笑いを浮かべながら近づいてきて、お俊の方へ手を伸ばした。お俊は掛軸をしっかりとかかえてあとじさった。

「取りゃしねえって」文次郎は、怪訝な顔をしてふりかえる通行人を見た。

「姉ちゃん。話を聞いてくれねえか。ずっと前から話そう、話そうと思ってたんだが、姉ちゃん、俺のことなんざ見向きもしてくれねえんだもの」

返す言葉はない。確かにお俊は、伊三吉に機嫌を直してもらおうと必死になっていた。

「ここじゃ話しにくいや。竹河岸《たけがし》へ行こうぜ」

竹河岸は、京橋から中ノ橋までの京橋川沿いをいう。竹屋が多いせいで、ことに炭町のあたりは昔、竹町とか竹屋町などと呼ばれていたそうだ。道の両側には、背丈の六、七倍もありそうな青竹がたてかけられていて、川岸も家も竹の中に埋もれているように見えた。

文次郎は、藍《あい》色の夜の空に向って伸びている青竹を眺めて唇をなめ、ちらとお俊を見た。

「俺、借金をつくっちまったんだよ」

「お前の借金だろ。自分でお返し」

「つめてえなあ。昔の姉ちゃんは、どこへ行っちまったんだよ」

ここで突き放さねばとは思うのだが、どこへ行くにもついてきた文次郎の姿が浮かぶ。一つの菓子をわざと奪い合って、笑いながら畳の上を転げまわったことを思い出す。文次郎は、その隙間に入り込んできた。

「なあ、姉ちゃん、頼むよ」

「何を言ってるの、自分勝手なことばっかり」

「それは、あやまるよ。が、少くとも一両つくらなけりゃ、俺あ、命もあぶねえんだ」

さすがにお俊は口を閉じた。

「だから、頼むよ。古道具屋に売《う》っ払《ぱら》うつもりだったが、質屋へ持って行く。それで一所懸命稼いで請《う》け出《だ》すよ。な、それならいいだろう」

お俊は答えなかった。どうせわるい遊びを覚えて、旗本屋敷の中間部屋にも顔を出したのだろうと思った。損はさせねえなどと甘い言葉をかけられて、博奕《ばくち》に手を出したにちがいない。

ばかな奴と思うが、たちのわるい男達に誘われたとすれば、文次郎は無事ではいられないだろう。お俊のあとについてきた文次郎の姿が、また目の前を通り過ぎた。

だが、お俊の口から出た言葉は、「だめ」だった。掛軸を渡してやれば、文次郎は一両の借金を払って無事でいられるかもしれない。文次郎は無事でいられるかもしれないが、伊三吉は信用を失った上に、高価な掛軸と同じくらいの金を求められるにちがいないのである。お俊の何よりもたいせつな、伊三吉との暮らしが音をたてて崩れてしまうのだ。

「だめ」

「どうして」

「当り前だろう、人様《ひとさま》のものを。黙って質入れするのは泥棒だよ」

「俺の命がかかっているんだぜ」

お俊は、しばらくためらってから答えた。

「だめ」

「わかったよ」

文次郎の手が光った。そう思ったのだが、手が光ったのではなかった。文次郎が匕首《あいくち》を抜いたのだった。

「手前《てめえ》だけいい思いをしやがって」

「何だって」

「手前《てめえ》だけいい思いをしてるから、気にくわねえと言ったんだよ」

「わけのわからないことを言わないでおくれ。わたしゃ、地道に暮らしてきただけだ」

「うるせえ」

軀ごとぶつかってきた文次郎は、かろうじて避けられた。が、たてかけてある青竹に突き当り、音をたててくずれる青竹と一緒にお俊も倒れた。

「ふん、何が地道だ」

文次郎は、お俊を見下ろして笑った。

「俺をわからずやの親父んとこに置いてきぼりにしやがって。あげくに、お条姉ちゃんに押しつけやがった。だから、俺あ、お条姉ちゃんのうちを出てきたんだ。お前《めえ》んとこを、めちゃくちゃにしてやろうと思ってさ」

「されるものか」

お俊は夢中で起き上がって、文次郎に飛びかかった。ふいをつかれた文次郎は勢いよく青竹に突き当り、くずれる青竹の下になった。匕首の光が地面にあった。お俊は、匕首をつかんで立ち上がった。

「誰がめちゃくちゃにされるものか。わたしのうちはもう、炭町にしかないんだよ」

そう、昔、お粂や文次郎と暮らした家は、もうお俊の家ではない。醬油酢問屋で働きはじめた頃は、あの家がなつかしくてならず、伊三吉とつきあうようになってからも、あの家へ戻りたいと思ったこともあったが、今は、炭町三丁目の、通りから仕事場が見えて、その横に狭い出入口のあるあの家がお俊の家なのだ。

何かが起こるとおびえていたのは、ことによると文次郎の言うように、帰ってきてくれと泣いた弟の頼みにうなずかず、姉にあずけたままにしていたうしろめたさから、このままでよいわけがないとどこかで思っていたせいかもしれない。が、お俊の帰る家は、伊三吉のいるあの家しかない。あの家の暮らしをこわすと言われるのなら、守らねばならない。

起こるにちがいないと思っていた何かが起こってしまったのだ。しかも、予感通りに、弟が何かをはこんできてしまったのだ。

「文次郎」

姉ちゃん、と青竹の下の文次郎が言ったような気がした。

「姉ちゃん、お前《めえ》は他人か。俺の姉ちゃんじゃねえのか」

もう何も起こらないようにしてやる。決して、二度と、何も起こらないようにしてやる。

「伊三吉の女房だよ」

匕首を振りおろそうとするお俊に向かって文次郎は自分の上に落ちていた青竹を跳ね飛ばした。当りはしなかったが、一瞬ひるんだ。その隙に、文次郎はよろめきながら立ち上がった。

「人殺し。俺を殺しゃ、お前《めえ》は人殺しだ。伊三吉の女房じゃねえ、死罪になる罪人だ」

「お黙り」

人殺しとなろうがなるまいが、禍《わざわい》のもとは絶たねばならなかった。二度と、何かが起こってはいけなかった。

が、匕首を振り上げたお俊の手は動かない。文次郎も、逃げようとはせずにお俊のうしろを見つめていた。

「よせ、お俊」

伊三吉の声だった。

「いつまでも湯屋から帰《けえ》ってこねえと思ったら」

「すみません。でも、文次郎が」

「放っとけ。文さんが何をしようと、俺あ、お前《めえ》の亭主だ。お前《めえ》も俺の女房じゃなかったのか」

お俊は、匕首を捨てようとした。匕首を握っていることすら恐しくなったのだが、匕首は掌に吸いついているように離れない。強く握りしめていた指が動かなくなっているのだった。

伊三吉は、お俊をかかえるようにして匕首を握っている指をこすり、一つ一つの指を起こしていった。匕首はお俊の足許に小さな音をたてて落ちた。

「ほら、これでもう何も起こりゃしねえ」

文次郎が足をひきずりながら歩き出した。よく見ると、顔にも血がにじんでいた。お俊は、思わず呼びとめた。

「どこへ行くの、あてもないのに」

「他人の知ったことじゃねえ。姉ちゃんは亭主と添いとげな」

姉ちゃんと言ってくれたが、文次郎はふりむきもしなかった。川を渡ってきた風が、竹の青いにおいをはこんできた。

楓日記《かえでにっき》

窪田城異聞

母方のいとこである小坂剛《こさかたけし》から電話があったのは、半月ほど前のことだった。ろくに使っていなかった母屋の天井裏から、茶箱に詰められた大量の古文書が見つかったというのである。

「天井裏に？」

と、私は鸚鵡《おうむ》返しに尋ねた。妙なところから見つかったものだ。

小坂家は、茨城県の水戸市にある。水戸市と言っても、母屋、古文書などという言葉から連想される通り、市の中心部からは遠く離れている。のどかな田園風景のひろがる中を、十五分も歩けば那珂川《なかがわ》のほとりへ出る片田舎だ。剛の母である柳子は、この交通の便のよくない一劃《いっかく》に百年以上も前に建てられたという母屋で産声《うぶごえ》をあげ、結婚の披露をした。文字通りの家つき娘で、市役所の職員であった夫が定年となった時に香港へ行ったほかは、旅行らしい旅行もせずに生涯を閉じた。

母屋では割合に陽当りのよい、昔は客間だった部屋が晩年の彼女が好んで寝起きした場所で、背を丸めて孫に着せる綿入れの袢纏《はんてん》を縫っていたのが記憶にある。古文書は、その天井裏にあったのだそうだ。

茶箱に入っていたのに、それは紙と紙とが貼りついているほど湿気を含んでいて重く、よく天井が落ちなかったものだと剛は苦笑した。当然のことながら母屋は幾度か補修工事をしていて、その部分は、建てられた時のまま残っている大黒柱などにくらべ、ひよわに見えた。

中でも天井板は、木材も人手もなかった昭和の戦争直後に張ったといい、ベニヤ板のように貧弱だった。剛は早く張りかえた方がいいと言っていたのだが、柳子が頑として承知しなかったらしい。柳子が他界してから五年、古い家特有の暗さと湿気を嫌って新《に》屋《い》《や》に住んでいた剛一家は、長男の結婚を機に、母屋の建て直しをきめたのである。

「家をこわさなかったら、ずっと見つからなかったね。それにしても、よく美穂ちゃんが古文書のことを知っていたな」

僕は知らなかったと、剛は言った。誰も話してはくれなかったらしい。

私には、祖父の光太郎が話してくれた。かつて小坂家には白壁の土蔵があり、祖父は少年の頃、探検と称して剛の祖父と土蔵に入ったものだという。その時に、古文書のつまった茶箱を見つけたのだそうだ。光太郎と剛の祖父はよい遊び相手だったようだが、その筈で、光太郎の母、私にとっての曾祖母は小坂家の出で、剛の曾祖父の妹なのである。

私の母の奈津子は、柳子の聟《むこ》となった秀介《しゅうすけ》の妹だった。こちらの縁はまったくの偶然で、私の父、中里光宏は奈津子の大学の先輩で、母の言葉を借りれば大恋愛の末に結ばれた。が、後年、父の光宏は、「おかしなものだ」と言っていた。小坂家と中里家は、時折、どちらかの家の娘が嫁ぐことによって親戚でありつづけたというのである。

なぜそんなことをしていたのか、父も祖父も知らなかったが、曾祖母が中里家へ嫁いできたのは、遠くなってゆきそうな関係を近づけるためであったらしい。飛行船やら飛行機やらが空を飛ぶような時代に、そんなわけのわからない慣習にこだわることはないと光太郎が言いだしたところ、光宏が秀介の妹に恋してしまったというわけだった。

この妙な慣習は多分、私の代で終りになる。剛は見合いで結婚し、二人の男の子をもうけたが、私は数回の恋に破れ、二度の結婚に失敗した。兄弟はいず、子供もいない。父も母も他界していて年齢の離れた兄弟が生れるようなことはないし、今のところ私に、養子を迎えるつもりはない。小坂家と縁の組みようがないのである。

ただ近頃、急に我が先祖について調べたくなった。私は、紀行文などを書いて糊口をしのいでいるが、三十もなかばを過ぎた今、子孫を残すことができぬと覚悟をきめた反動かもしれない。

が、六代か七代前の中里某が江戸へ出て以来、子孫は、現在の千代田区神田周辺に住んでいた。曾祖父は官吏だったそうだが、祖父も父も平凡な会社員で、大正の末に麻布へ移り住み、昭和の戦争ですべてが灰になった。空襲で焼けてしまったのである。父の光宏が見たという系図もその中にあった。

父のおぼろげな記憶によれば、中里家の祖は、某親王の裔《すえ》であるという。某親王の孫が関東へきて、何代かのちに中里をなのって常陸《ひたち》の豪族となったという、よくある話だ。国光とか光兼とか、妙に光の字の多い系図であったとか、いい加減にしてくれと父は思わず呟いたそうだ。そのあたりからしばらく光の字のつかぬ名前がならぶものの、最後にまた光太郎という名前があらわれる。祖父である。これでわかる通り、父の見た系図は決して古いものではない。書き直したか、ごく近い時代につくったか、どちらかだと思う。

確かめるには、菩提寺をたずねればよい。菩提寺には過去帳《かこちよう》というものがある。が、谷中にある寺は空襲の火こそまぬがれていたが、慶応四年（一八六八）、長州藩の大村益次郎が彰義隊を攻撃した上野の戦争で焼けていた。ご本尊の釈迦如来像のほかは、やはりすべてが灰となっていたのである。

たまたまその頃に、秋田県の角館《かくのだて》へ行く仕事があった。角館は、一時、秋田藩佐竹氏の北家があずかっていた城があったところだ。北家は佐竹三家の一つで、佐竹氏十八代義昭が十五歳で家督を相続した時、一族の義里、義堅《よしみ》、義廉《よしかど》が交替で補佐したのが三家のはじまりであるという。南家義里、東家義堅、最後に義廉が北家である。

角館の記事を書きながら、私はもう一つ、父が言っていたことを思い出した。「佐竹《さたけ》カ臣《がしん》ニ嫁《か》ス　ノチ小坂」という書き入れが、系図のどこかにあったというのだ。しかも、それが小坂という姓が系図に出てくる最初であったという。

佐竹の家臣に嫁いだというのだから女性であることは間違いないが、名前はわからない。父が忘れてしまったのかもしれないが、おそらく書かれていなかったのだろう。女性の名前は、よほどのことがなければ系図に記されることはない。「中里国光が室」とか「中里光兼が母」というように、夫や子供の名前によって、どんな位置にあったかが説明されているだけだ。

「佐竹カ臣ニ嫁ス　ノチ小坂」

佐竹の家臣の妻となったものの、夫が早世したか離縁されたかして実家へ帰され、小坂家へ再嫁したというに過ぎない記述だが、なぜ、それだけがあとで書き入れられたのだろうか。その女性が小坂へ嫁いでのち、中里家との婚姻が繰り返されたというのも不思議な話である。

私は、古文書を探してくれと剛に頼んだ。茶箱の中に小坂家の系図があるかもしれず、その系図に問題の女性についての記述が、少しはあるかもしれなかった。

土蔵をこわした時に古文書は焼いてしまったのかもしれないと、剛は気乗薄だった。

長男の妻となる女性には、すでに長男の子が宿っているようで、先祖のことなどかまっていられぬ心境だったのだろう。が、長男の結婚を急ぎ、母屋を建て直すことになったお蔭で、古文書の茶箱があらわれた。

「早くきてくれよ」と、剛は言った。二、三冊を開いてみたが、焚き木（薪）とか、くヮし（菓子）などというやっと判読できる文字のあとに、四十文とか、四文とか書かれている家計簿のようなものばかりで、面白いものなどないという。

「おまけに虫食いだらけで、紙をたらふく食って太った虫がぞろぞろ這い出してきそうだし。早くこないと、燃やしちまうぞ」

明日行くと答えて、私は電話を切った。


佐竹氏は、新羅三郎義光の後裔である。清和天皇の孫の経基が源姓をもらい、臣下となったのが源氏のはじまりで、義光は、安倍貞任《あべのさだとう》らの反乱を鎮めた源頼義の三男である。ちなみに長男義家の後裔には、鎌倉幕府をたてた源頼朝と、京の五条大橋で弁慶と大立ち回りを演じた源義経がいる。

先祖は義光だが、佐竹をなのったのは、義光の孫の昌義からだ。常陸国久慈郡《くじごおり》の佐竹庄に居を定め、これを姓にしたという。佐竹庄は、現在の常陸太田市のうちである。

問題の女性が「佐竹カ臣」に嫁いだのは、この頃ではないだろう。例の一行を書き加えたのが後世の人間であったとしても、「昌義カ臣」と書くのではあるまいか。まだ、佐竹という姓が馴染んでいないような気がするのである。

私は、ごく簡単に佐竹氏の動きを追ってみた。

三代隆義は、平清盛の斡旋で従五位下《じゆごいげ》常陸介《ひたちのすけ》に任じられ、昌義の入った間坂城《まざかじよう》から太田城へ移った。その後、源頼朝が政権を握り、四代秀義は帰順を願い出る。南北朝の動乱では、九代貞義、十代義篤とも同族である足利尊氏につき、常陸での足がために成功したようだ。

そして、足利幕府が断末魔のあがきを見せていた頃に、十九代義重が生れる。常陸侵略をはかる小田原の北条氏に悩まされながら、自分は奥州の領地を虎視眈々《こしたんたん》とねらっていた猛将だが、私は、その子義宣《よしのぶ》の戦果に目が釘づけとなった。

織田信長が天下統一への道を息もつかずに走っているさなかの元亀元年（一五七〇）、太田城で生れたこの武将は、それから二十年後の天正十八年（一五九〇）、江戸氏の居城であった水戸城をわがものとしているのである。信長はすでにこの世を去り、豊臣秀吉が小田原の北条氏を倒した直後のことだ。小田原征伐に参陣した彼が、秀吉に従って上洛している間の出来事だが、水戸城攻撃の命令は、義宣から出ていたにちがいない。

翌十九年、秀吉から羽柴の姓をあたえられた義宣は太田城へ帰り、その年の三月に水戸城へ移る。

小坂氏は、水戸に根をはやしているように動かなかった一族である。義宣が徳川家康によって秋田へ移封されたあと、水戸へは家康の十男頼宣が入ったが、彼などまったくの新入りだとは、酔った剛がよく口にする言葉だった。十一男の頼房、黄門様で有名な光圀《みつくに》の父が水戸藩主となるのは、そのあとのことだ。

佐竹の家臣に嫁いだ女性が小坂家の男性と再婚するのは、佐竹家が水戸にかかわりを持ってからだろう。が、水戸城に入ったのは義宣が最初であり、最後でもある。

佐竹に関する参考書は、角館の取材をした時に多少集めた。私は、本箱の隅に押し込んであったそれを引っ張り出した。何が書かれていたのかほとんど忘れていたので読みなおしたのだが、そのうちに私の脳裡には霞がかかってきた。義宣という男の正体がわからなくなってきたのである。

少し前に戻るが、彼の父親の義重について、もう少し触れてみる。

彼が奥州への野心に燃えていたことは先にも書いたが、その足がかりとして天正三年（一五七五）に白河城を奪取する。信長はまだ意気軒昂、この年に家康と組んで武田勝頼を敗走させている。四年後に白河城へはわずか五歳の次男、義広を入れるが、これが奥州南部に勢力をひろげていた伊達氏を刺激しないわけがない。義重の妻は伊達輝宗の妹で、義宣と義広を生んだ。輝宗の嫡男が政宗で、義宣、義広とはいとこどうしになるが、こんな関係がかえりみられる時ではない。

興味をひくのは、このあとである。天正十二年、会津地方を支配していた蘆名《あしな》盛隆《もりたか》が家臣に殺害されるという事件が起こり、その子の亀若丸も三歳で夭折した。その跡継に、義重は白河城主となっていた義広を、この年家督相続をした政宗は弟の小次郎をと望み、お互いに画策しあって、義重が勝ったのである。石田三成が後押しをしたというのだ。

とすれば、秀吉が斡旋にのりだしたように思えるが、信長が天正十年に逝ったあと、要領よく後釜にすわったものの、彼の地位はまだ安定していない。当時の秀吉は、家康と長久手《ながくて》で戦って敗れ、和議を結ぼうと四苦八苦していた。伊達政宗を相手にそれほどの影響力があったとは思えないのだが、その頃から佐竹と石田が親密であったと知らせてくれる話ではないか。

余談だが、のちに政宗は義広と戦って敗走させ、会津を手に入れる。が、小田原征伐への参陣をためらって、せっかく手にした会津領を没収される。三成と家康が真っ向から向いあった関ヶ原の戦さで、政宗が家康側についたのも当然である。

一方、政宗に押されぎみの義宣は、三成の斡旋で秀吉の麾下《きか》に入り、小田原征伐にも加わった。政宗が会津領を没収されたのを見て、溜飲を下げていたかもしれない。義宣は、秀吉の暴挙としか思えない朝鮮征伐にも出兵し、五十四万石安堵の朱印状をもらった。

そこで、関ヶ原だ。

関ヶ原の戦さは、秀吉が統一した天下を家康が狙ったことで起こった。我が子秀頼をよろしく頼むと繰り返して他界した秀吉も、信長の息子や孫から天下を掏《す》り取ったようなものだし、家康にもいろいろ言い分はあるだろう。が、簡単に言うと、家康が狙った天下を三成が守ろうとした戦さということになる。

義宣は、どこから見ても三成側である。三成と家康打倒で意見が一致していたのは会津領主の上杉景勝だが、義宣は、その重臣直江《なおえ》兼続《かねつぐ》と連絡をとっていた。

もう少し詳しく書こう。

上杉征伐を口実に軍勢を引き連れて出立すれば、必ずその隙に三成が兵を挙げると読んだ家康は、慶長五年（一六〇〇）六月、伏見を発った。京へ召集されていた義宣が、いつ伏見を出発したのかはわからない。家康はいったん江戸城へ入り、その後、七月二十四日に小山《おやま》へ到着する。現在の栃木県小山市である。

その頃、義宣は、赤館にいた。赤館は、佐竹領のはずれにある。ここで、義宣は幾度か使者を上杉へ送った。佐竹からの使者がきたことを知らせる景勝や兼続の書状が残っているのだ。

ところが八月二十五日、義宣は突然水戸城へ引き返し、その日のうちに重臣小貫頼久《おぬきよりひさ》を江戸へ向かわせる。家康は、三成の挙兵を知って小山を発ち、八月五日に江戸城へ戻っていた。

念の入ったことに、義宣は、信州上田城の真田昌幸を攻めていた徳川秀忠に援軍まで送った。三成軍の形勢がわるくなってきた時であり、一族の行末を考えての変心かもしれないが、武将としてあまりにも情けない行動ではないか。変心、裏切りは戦国の世のならいとはいえ、三成の好意や上杉景勝、直江兼続の信頼を考えれば、女の私から見ても悲しい男である。

義宣は、家康を会津へひきつけて、上杉勢と挟み撃ちにするべきだった。かつて義宣は、小田原征伐に加わらなかった鹿島《かしま》、行方郡《なめかたごおり》の諸将を太田城へ招き、皆殺しにしたことがある。水戸城へ移る前の月のことで、よしあしは別として、こういうことのできる男なのだ。小さな所領の主と家康では比較にならないかもしれないが、血の海となったにちがいない太田城の広間で仁王立ちとなる義宣と、ひたすら家康の機嫌をとる義宣が結びつかないのは、私一人だろうか。

おかしなことはまだある。

慶長七年五月、義宣は秋田への国替えを命じられた。義宣は伏見にいたが、国替えの噂を聞きつけたその周辺は、佐竹挙兵の噂で騒然となったという。国替えなど承知せぬ反骨の男、それだけの力がある男と、この時になっても思われていたのである。が、義宣は、命令におとなしく従って秋田へ向う。太田城で殺害された武将の中には、かなわぬまでもと抵抗した者がいたにちがいないが、彼等を蹴倒して、「見よ、わしにさからう者はこの通りだ」と咆哮したにちがいない義宣の面影はどこにもない。

湊城《みなとじょう》到着はその年の九月のことだが、おそらくこの頃からだろう。途中採用の家臣を重用しはじめる。その代表が向宣政《むかいのぶまさ》であり、渋江政光《しぶえまさみつ》であった。

新参者を登用すれば、当然、譜代の家臣との軋轢《あつれき》が起こる。事実とは少しちがうらしいが、こんな話が残っている。

家老二人が引退し、その後任に渋江政光の名があがった時、重臣の川井忠遠《かわいただとお》は、「牢《ろう》人者《にんもの》だった渋江を家老に据え、家臣一同の頭《かしら》となされるとは何事か。譜代に人材がないように見える」と言って怒った。野上刑部左衛門《のがみぎようぶざえもん》、大久保長助、小泉藤四郎ら数人の家臣がこれに同調し、政光の暗殺を企てた。

これを知った義宣は、慶長八年九月三日、忠遠を鷹狩に誘い、横手城で刺殺した。とどめをさしたのは、梅津政景である。のちに勘定奉行から家老職へ出世する男だが、彼もまた譜代ではない。

祖父は伊達家の家臣で、父は宇都宮家の家臣の家来だった。どういう事情からか牢人し、常陸太田へ流れてきて、政景の兄、憲忠《のりただ》を北家義憲《よしのり》に仕えさせた。のちに憲忠は義宣に召し出されて彼の同朋《どうぼう》となり、祐筆《ゆうひつ》にとりたてられて、家老職にまで出世した。政景も、義宣の同朋だった。同朋とは主人の側近くにいて、雑事をつとめる者である。

剃髪していて、寵童となることもある。政景がそうだった。

戦国の名残りのある世では、寵童であった者の方が信頼できたのかもしれないが、川井忠遠は、秋田左遷命令の出たあと、伏見にいた義宣にかわり、和田昭為《わだあきため》とともに湊城を受け取りに行った人物である。先発隊がいて、彼等に秋田の情勢を知らせたというが、それにしても城受け取りは大役である。簡単に誅殺してもよい人間に言いつける役目ではない。

忠遠は、信頼のおける人物であったのだと思う。が、それならばなぜ、渋江政光の家老就任に反対しただけで殺害されたのか。忠遠の言い分にも一理あるし、彼に同調した野上刑部左衛門らも角館城や湯沢城に呼び出され、命を奪われているのだ。

仮に忠遠の諫言《かんげん》が義宣の逆鱗《げきりん》に触れたのだとしても、鹿島、行方郡の諸将を太田城へ招き、皆殺しにした義宣なら、忠遠以下一同を湊城へ呼びつけて、うむを言わさず命を奪ったのではあるまいか。慶長八年九月の出来事だというが、義宣の秋田入部は前年九月のことで、平穏とはとても言えない時だった。かつてこの地で栄えていた一族の残党がしばしば一揆を起こしていて、誰が考えても譜代の重臣を謀殺している場合ではないのである。

そんな中で、義宣は新しい城の築城を急いだ。湊城が手狭《てぜま》で、地の利がわるかったせいだという。

新城は、窪田に築かれることになった。普請奉行は、梶原政景と前述の渋江政光だった。

梅津政景がいてまぎらわしいのだが、この梶原政景も中途採用の家臣である。父の太《おお》田資正《たすけまさ》は、江戸城を築いた太田道灌《どうかん》の曾孫だというから、ただの牢人ではない。武蔵国《むさしのくに》岩槻城《いわつきじょう》の主だった。

政景は彼の次男だった。しかも妾腹であったが、資正は彼に家督を譲ろうとし、怒った嫡男は、彼等の留守中に北条氏の軍勢を城へ引き入れて、二人を追放した。以後、資正の娘の婚家を頼るなどしていたが、義重の誘いをうけて佐竹の家臣となった。

が、政景は、一度だけ佐竹を裏切った。天正十二年（一五八四）に佐竹と北条が戦った時、何を考えたのか、北条側に寝返ったのである。妻の父、真壁久幹《まかべひさもと》が北条に内通し、これに呼応したのだといわれているが、自分の父親である資正は加担していない。戦さは佐竹の勝利に終り、資正は義重に我が子の助命を乞うた。裏切った時、政景は小田城に入っていたのだが、義重は度量の大きいところを見せて、城も知行地もそのままにした。

恩に着なければならないところだが、政景は一度、秋田から逃亡する。新城築城の地について義重は横手を主張、政景も賛成したが、渋江政光が窪田こそ最適と言い、義宣がこの意見をとったためと書かれている古い書物もあるそうだ。が、普請奉行は立派につとめているらしい。

窪田築城の着工は、慶長八年の五月である。義宣の秋田入部は、先にも書いた通り前年の九月だから、八ヶ月あまりの間に場所をきめ、築城の準備を整えたことになる。しかも、これも先に書いた通り、一揆の鎮圧に力をそそぎながらのことだった。

なぜ、これほどまで義宣は築城を急いだのか。古書の記すところが事実ならば、なぜ父義重の主張をしりぞけて、渋江政光の意見をとったのか。そして、もう一つ、なぜ梶原政景は秋田から逃げねばならなかったのか。

寝返りの負い目があったとはいえ、所領は安堵されている上、城の普請をまかされたのである。窪田築城を主張して普請奉行となった渋江政光は町割りの担当で、政景は存分に腕をふるうことができた筈なのだ。言い換えれば、それだけ信頼されていたのだ。

それでも彼は逃げた。彼が凡庸な人物でなかったことは、逃亡先の越前北ノ庄で松平秀康に仕え、重く用いられたことでもわかる。

「なぜ」が多過ぎる。

我慢できなくなって、私は、私に仕事をくれている出版社へ電話をかけた。締切を二日でよいからのばしてくれと頼んだのである。

快諾とはゆかなかったが、何とか秋田へくることはできた。私は、宿泊を予約していた秋田キャッスルホテルに荷物をあずけ、すぐに外へ飛び出した。窪田城は今、昔の姿を失い、城跡が千秋公園となってホテルのすぐ近くにある。

が、何の予備知識もなしに歩いても仕方がない。私は、佐竹史料館へ飛び込んで、何か参考になるものはないかと尋ねた。ないという返事だったが、それで引き下がるようではライターという仕事はつとまらない。粘りに粘って、学習講座のテキストをわけてもらった。

ほかに、千秋公園散策マップという簡単なイラストがある。ホテルの位置をこの散策マップに書き込んで、テキストの久保田城（古くは窪田と書いた）跡の地図を重ねてみた。

私はもう驚かなかった。秋田へくるまでは「まさか」と思う気持が強かったのだが、ずいぶん前から、こんなことではないかと思っていたような気がした。

ホテルの前の道を左へ行けば、広小路に突き当たる。広小路は濠《ほり》と商店街のビルに挟まれていて、濠の向うは土手となっている。その小高い一劃に今は県民会館が建てられているが、そこがかつての渋江邸なのである。隣りは梅津邸で、ここもかつては広大な屋敷であっただろうと思わせる。

ビル側には小貫、石塚などという名前がならんでいるが、こちらはいずれも譜代重臣の姓である。地形が変わっていないならば、譜代の重臣は、内濠と大手門の濠とで本丸とは二重に隔てられ、一段低い土地に屋敷をあたえられていたことになる。

また、義宣は、本丸の片隅にある住居、御出《おだ》シ書院《しょいん》にいることを好み、ここから大声で渋江政光を呼んだという。書院跡から見ると政光邸は遠いようだが、広小路から見上げるとさほど遠くない。

義宣は、鎧兜《よろいかぶと》をつけ、黒い面《めん》で顔を隠した画像しか残さなかった。夜も寝間に三つの紙帳《しちょう》を張り、どこで自分が寝ているかわからぬようにしていたという。しみじみと顔を見た家臣はいないとも言われているそうだ。大声を上げて、みずから政光を呼んだということは、身のまわりの世話をする同朋もおかなかったのだろうか。

逆に言うと、義宣からじかに呼ばれる政光だけは義宣の顔を見ているということになる。

築城を急ぐわけだと思った。義宣は、この屋敷割りをしたいがために築城を急ぎ、義重が口をはさみそうな横手城案をしりぞけたにちがいなかった。そして口実を設けて古参の重臣の命を奪い、家臣の入れ替えをはかったのだ。

小坂家で見つけた古文書は今、ホテルのベッドの上にある。茶箱には、剛の言う通り家計簿のようなものばかりが入っていて、「いらないから捨てて」と言いたくなった時に出てきた古文書だった。

私は、勝手に「楓日記《かえでにっき》」と名づけた。が、思い出すままに昔のことを書きつけていたらしく、日付もないし、思い出の順番も前後している。虫食いだらけである上に、私には古文書解読の力がない。

それでもわざわざ秋田まで持ってきたのは、日記に中里の文字があったのと、日記の前につけられた断り書に惹かれたからである。それには日記とあきらかにちがう文字で、「燃やすにしのびないので、楓という女が書いたことにしてしまっておく、自分が他界したあとは、見つけた者の好きにするように」といった意味のことが書かれていた。

この楓が、佐竹の家臣に嫁ぎ、小坂家の誰かと再婚した女性に間違いはあるまいと私は思う。

私は、一大決心をして「楓日記」を解読することにした。とはいえ、虫食いや私には読めない部分を、楓が使っている舌を噛みそうな言葉で補える自信はない。現代語訳、それも意訳となってしまうが、夜を徹してでもやってみようと思う。

なお、佐竹氏の秋田移転は、五十四万石から二十万石あまりへの減封となり、義宣は家臣のリストラをおこなったらしい。中里家はこのリストラで、水戸へ残されたようだ。

また、以下の「私」は日記の作者、楓であり、括弧内は中里美穂の注釈である。

みごもっていることが嘘のように思える。しきりにお腹を蹴っているので、男の子かもしれない。

姑《しゅうとめ》は、無事に生まれてしまいそうだねえと、いやな顔をした。私も、与次郎様のお子以外は生みたくなかったのだけれど。でも、今はお腹の中の子が愛しくてならない。

少し熱があって、隅の部屋（もっと長い言葉なのだが、どうしても読めない。隅の部屋ではないかもしれない）で寝ている。

先刻、女中のたえが、もうじき名古屋にお城が建つらしいと言っていた（家康の名古屋城築城は慶長十五年。のちに九月三日という日付が出てくるので、この日記は、十五年八月下旬に書きはじめられたものかもしれない）。

そのあと、少しうとうととして、夢を見た。与次郎様を追いかけて行った時の夢だった。水戸から秋田までは、ほんとうに遠い。秋田まで行って、それから水戸へ帰されて、その証拠にこうして小坂の家にいるのに、まだ無事に帰ってきたことが信じられない。みごもってからは、あの時にいっそと思うことはなくなったけれど、秋田にかかわることを思い出すと泣いてしまうのは、少しも変わらない。

今日も床の中にいる。目をつむると、どうしても与次郎様を思い出してしまう。

それにしても、中里の父や兄は、なぜ水戸に残ることを承知して、のんびり暮らしてしまったのだろう。今日、見舞いにきてくれた父は、中里家も昔々は田畑を耕していたのだから、もとに戻っただけ（この部分、読めず。推測）などと言っていたけれど、舅《しゅうと》に車丹波様の話を持ち出されて、苦い顔をする破目になってしまった。

（車氏は、岩城氏が車城に入ってそれを姓にしたと言われ、丹波の父、義秀の時に義重に攻められて降伏、佐竹の家臣となった。秋田への国替えがきまった時、丹波は義重に抵抗を説いたが入れられず、常陸に残って水戸城の奪還を企てた。が、徳川方に洩れ、一味した者とともにさらし首となった。ほかにも太田景資が秋田左遷に抵抗して、水戸城明け渡しの時になっても動こうとせず、みずから望んで生き埋めになったという。この旧本丸には怪事が続出し、水戸徳川家は別に本丸を築いたと伝えられる）。

私には、父様の気持がよくわかる。父様は関ヶ原の戦さが終ったあと、佐竹の殿様（ここは虫食い。が、義宣のことだと思う）は人が変わってしまったように思える、どうもこまかなことを気になさるようになったと言っていた。

でも、落着いて考えれば、父様が殿様のお供を願わなかったのは正しかったと思う。あの頃の私は、誰を見ても高倉与次郎様が戻ってきてくれたのかと思い、何の音を聞いても与次郎様ではないかと立ち上がる始末だったから、父様や兄様に秋田へ行くなと言われても、私の気持をわかってくれないのだとばかり思っていた。

秋田へ行ってもよいと、よく母様が許してくれたと思う。儀助と茂市と弥次郎も供に連れて行けと、それでは家の中に家来がいなくなってしまうではないかと思うほどの大騒ぎをしてもらって、私は水戸を出た。

途中、奥州街道を伊達領に入ったところで、一番若い茂市が行方をくらましてしまったが、あれは水戸へ帰れという神仏の思召《おぼしめし》だったのだろうか。あの時の私は、私の与次郎様への思いがどれくらいのものであるのか、神仏がお試しになっているのだと思って、なお必死になった。

笹谷峠を越える時は、もう足の皮膚は鼻緒に慣れ、擦れることなどなくなっていた筈なのに、その鼻緒が赤く染まってしまうほど血がにじんだ。痛くて痛くて、少し休ませてくれと言うと、儀助がこわい顔をして私を睨んだ。

少し休んだくらいで皮膚の破れの癒《なお》るわけがない。なおさら痛くなって、また休ませてくれということになる。こっちだって、こんなに険《けわ》しい峠を好きで越えているわけではない、お前さんが秋田へ行きたいと言い出したから一緒に苦労をしているんだ。茂市のように逃げ出さないだけ、有難いと思え。

そう言ったのである。

私は、幼い私の守りをしてくれた儀助が、あんなにこわい顔の持主だとも、あんなことを言う人間だとも思っていなかった。茂市が逃げ出した時は、心のどこかで「ああ、やはり」と思ったが、儀助のこわい顔と罵声は、儀助だけはと思っていただけに悲しかった。もし、儀助が逃げ出して、弥次郎が残ってくれたとしても、無事に旅を終えることはできないのではないかと思った。

泣きながら峠を越えて羽州街道に入ったが、すれちがう人も野良にいる人も、皆やさしそうに見えた。その人達に駆け寄って、お願いですから私を秋田まで連れて行って下さいと、幾度叫ぼうと思ったかわからない。秋田について、土崎湊《つちざきみなと》のご城下で偶然、渋江内膳様に出会った時の嬉しさは、今でも言葉では言いあらわせない。

どうした。なぜ、そなたがこんなところにいると驚かれた渋江様に、私は慎みも忘れてすがりついた。はしたないと、いくら自分を叱りつけても涙がこぼれてきた。ただ、あの時の私には、渋江様に出会えてよかったとか、もうすぐ与次郎様に会えるとか、そんな気持の生れる余裕はなかったような気がする。旅がようやく終わったという、ほっとした気持でいっぱいだったのである。

（渋江内膳は渋江政光のこと。先にも書いたが、政光は譜代の家臣ではない。下野《しもつけ》にいた小《お》山《やま》一族の荒川秀景の嫡男である。天正三年、小山城が北条氏に攻め落とされて佐竹義重を頼り、文禄二年（一五九三）、義宣の命によって渋江氏光の養子となった。秋田藩特有の年貢《ねんぐ》算出法、渋江田法《しぶえでんぽう》を創案したことで有名である。また、高倉与次郎の出自については不明。

小坂、中里とも高倉という姓の親戚はいないし、小坂家の近くで高倉の表札を見かけたこともない。譜代の家臣ではないようで、渋江政光や梅津政景と同じような境遇の若者であったのかもしれない)。

今日、床上げをした。たえに髪を梳《す》いてもらう。私はそれだけで疲れてしまうが、お腹の子は、私が起き上がったことが嬉しくてならないようで、しきりに私のお腹を蹴っている。たえにすすめられて、粥を少し食べた。

今日、九月三日。

雨が降っている。

昨日、外出をさせてもらった。与次郎様の遺髪は、中里の菩提寺に埋めた。夫は私がどこへ行くのか気づいていたようだったが、何も言わなかった。

ごめんね、あなたの母様はまた熱を出して床《とこ》に入ります。そんなに怒ってお腹を蹴らないで。

秋田へ到着した日、私は涙で顔を汚したまま、渋江様に与次郎様のお屋敷へ連れて行ってもらった。ご城下は私が想像していたよりも賑やかだったが、海から吹いてくる風がつめたかった。

それと、ならんでいるお屋敷が小さくて、ご城下の町そのものが、こぢんまりとして見えた。「だから、すぐに新しい城を建てる」と、渋江様は私の胸のうちを読んだように仰言《おっしゃ》った。私が秋田に着いたのは、慶長八年五月のことだったけれど、もう図面が引かれていたらしい。

与次郎様のお屋敷には、二人の弟さんと秋田で雇ったらしい家来と女中衆しかいなかった。が、渋江様が与次郎様を呼びに行って下さって、与次郎様は駆けているような早足で戻ってきた。

「嘘だと思った」

と、与次郎様は言った。

「こうして顔を合わせていても、まだ嘘のように思える」

そう、私はあの日、与次郎様に会ったのだ。与次郎様に会って、当分の間は水戸から女中を呼び寄せたことにしておけと渋江様が言って下さって、与次郎様のお父様は私を娘と呼んでくれて、あの狭い屋敷で家族がごちゃまぜになって暮らしていたのだ。女中衆ともすぐにうちとけて、あんなに笑って暮らしていたのに、それこそ嘘のような気がする。

秋田で暮らすようになって、一月《ひとつき》くらいが過ぎた時だっただろうか。屋敷の前を、美々しい駕籠《かご》が通り過ぎた。

私は門の前に立っていたのだが、駕籠の戸が少し開いていて、乗っていた女性が不安そうな面持でご城下のようすを眺めているのが見えた。

お城から戻ってきた与次郎様に尋ねると、殿様のお世話をする女性が京から到着したのだという。殿様のご正室は大分以前に亡くなられていて、当時、ご後室の御台様が江戸にいらっしゃった。が、お子様にめぐまれず、慶長四年と五年に男のお子様がお生れになったのだが、まもなく亡くなられたという。誰にも見せるつもりのないものだから書いてしまうけれど、お仲はおよろしくなかったようだ。殿様は女より男が好きなのではないかという噂を、耳にしたことさえある。

が、京の女を秋田までお呼びになっていらしたのだから、そんなことはないのだろう。あの頃の私は、屋敷にいる女中でさえこれほどきれいなのに、なぜ秋田の女ではいけないのか、懐かしい水戸の女をなぜお呼びにならないのかと、不思議に思っていたものだ。京の女の人にお子様が生れないのは、長い道中を駕籠で揺られてきたからだと、本気で心配をしていたのが我ながらおかしい。

お腹の赤ちゃん、与次郎様のことまで夢の中の出来事だったように、ふっと思わせてしまうあなた、母様は、どんなことがあっても無事に生んで上げるから、少し静かにしていてね。母様はまた、具合がわるいの。

お腹の中の命が静かにしてくれればくれたで、与次郎様を思い出して胸がつまる。

私はまだ死ねない。せっかく私に宿ってくれた子を、この世に生れさせるまでは何としても死ねない。

昨夜の苦しさは尋常ではなかった。さすがに夫も驚いて医者を呼んでくれたが、私は、医者がくる前に息絶えてしまうのではないかと思った。

まだ死ねない。まだ死ねないけれど、万一ということもある。決して人に洩らすなと、渋江様からかたく言われていることだけれども、私は、あえて言ってしまいたい。でも、また胸が苦しい。

大丈夫、母様はまだ死なない。高倉与次郎という人の存在を闇に葬られ、私が生きていたことを証明するのは、お腹の中のあなただけだもの。

あれは、慶長八年九月三日のことだった。

夜を徹して机に向っていた与次郎様が、これは渋江様にご相談しなければと呟いて立ち上がった。私はあわてて外出の支度を手伝ったが、与次郎様は玄関へ出て行こうという時になって、「そうだ、昨日から検地に行かれているのだった」と、渋江様がお留守であることを思い出した。

空が白みかけた早朝のことだったと思う。殿様は八月の末頃に新城へ移られていたが、普請にかかわっていた者はまだまだ雑事が残っていたらしく、渋江様が夜遅く与次郎様をたずねてきたこともあった。与次郎様も、急ぎの用事ならばいつでもこいと、渋江様から言われていたのだろう。

が、お留守では仕方がない。与次郎様はまた机に向ったが、私は、何気なく門の外へ出て行った。

秋田の九月は、寒くて霧が深かった。まだ誰も歩いていないだろうと思ったのに、道を急ぐ足音が聞えた。私は、霧を透かしてその人を見た。お供を連れていないのが妙だったが、渋江様のように見えた。

先方も、近づいてくるにつれて私の姿が見えたのだろう。足をとめたので、私はていねいに頭を下げ、少し待ってくれるように頼んだ。与次郎様を呼びに行ったのだ。

それほど時間がかかったとは思えない。だが、与次郎様が門の外へ出た時には誰もいなかった。

　確かに渋江様だったかと私に確かめて、与次郎様は、その人が歩いて行ったと思われる方向へ足早に消えて行った。それが、与次郎様を見た最後になった。その日から、与次郎様は行方知れずとなったのである。

　私は、半狂乱となってご城下を探しまわった。無論、渋江様のお屋敷へも行った。渋江様がお留守だとわかると、その行先をたずねて追いかけて行った。渋江様は、確かに検地のために動きまわっていられた。私は、なかなか渋江様に追いつけなかったが、その間におかしなことがあった。九月三日に検地をうけたお百姓さんが、小柄なお方だったと言ったのである。渋江様は、大きい方ではないけれども、痩せておいでなので小柄という印象はあたえない。九月四日に検地をなさっていた渋江様は、痩せたお方であった。

　そのうちに、与次郎様のお父様が大変なことを聞いてきた。ご家老の川井忠遠様が殿様のお咎めをうけ、横手城でお手討にあったというのである。これも九月三日のことだった。

　私は、まだ大工が入っている渋江様のお屋敷の前に坐りつづけた。渋江様が会って下さるまで、梃子《てこ》でも動かないつもりだった。多分、渋江様は放っておけと言っておいでだったのだろう。日が暮れても、ご家来衆は私に声をかけようともしなかった。が、奥様が私をお屋敷に入れて下さった。奥様のお部屋で大服《おおぶく》のお茶をいただき、ひえた軀を暖めているところへ、居間へこいという渋江様からのおことづけがきた。

しばらくの間、渋江様は何も言わなかった。負けずに渋江様を見据えていた私も、たまりかねて、嘘をつき通すおつもりかと言った。

殿様のお顔をしみじみ仰いだ者はいないという噂、新しいお城が譜代の方達を遠ざけた造りになっていることを考えれば、今の殿様が影武者の殿様であることくらい、私にもわかった。影武者が殿様となったのは、多分、殿様が会津の上杉景勝様と密約をおかわしになったあとだろう。

だが、そんなことはどうでもいい。私は泣きわめいた。

私は、殿様の正体を知りたくて秋田へきたのではない。ただの娘の私が、そんなことで足の甲を擦りむき、見たくなかった儀助の本性を見せつけられながら長い道程《みちのり》を歩いてくるものか。高倉与次郎がいるからこそ、秋田へきた。高倉与次郎の妻になり、高倉与次郎と一緒に暮らしたかったからこそ、遠い道を歩いてきた。殿様が誰であろうと、与次郎と暮らせるならばそれでいい。渋江様が殿様の正体を教えてやると仰言っても、私には与次郎が蚊に刺されたほどの興味もない。

与次郎も、同じ気持だった筈だ。お留守の筈の渋江様を追いかけて行き、川井忠遠様ご成敗《せいばい》のほんとうの理由を知ってしまったとしても、与次郎はそれで国が治まるのならよいと思った筈だ。国が治まって、父や弟や私や、これから生れてくるにちがいない子供達と、ごちゃまぜになって暮らしてゆければよいと思っていたにちがいないのだ。嘘をつき通すため、その嘘に興味のない人間の命まで、渋江様は奪い取るおつもりか。

責任ある者の嘘は、つき通さねばならない。

渋江様の答えはひややかだった。

勝手なことを言っていると承知している。が、今の殿様は影武者ではない。殿様に影武者がいたことは、誰でも知っている。御譜代の中には、その顔を知っている者さえいた。わたしは義重様のご承諾を得て、誰にも顔を知られていず、わたしの言うことを素直に聞いてくれる男を探し出し、その男を殿様にしたのだ。

川井忠遠がわたしを家老にしたくなかったのも無理はない。忠遠は、専横きわまるわたしが家老になった時が、絵に描いたように見えると言って、わたしを暗殺しようとした。専横と思われるのも道理、わたしの考えがすなわち殿様のお考えだったのだから。が、それでうまく治まっている間は、わたしが死ぬわけにはゆかぬ。上杉との密約を守っていたならば、今の佐竹があったかどうか。川井忠遠がわたしの命を狙っているとわかれば、先に忠遠の命を奪わねばならぬのだ。

いつまでそんなことをなさるおつもりなのですかと、私は精いっぱいつめたく言った。

渋江様は、国が治まっているかぎりと、それ以上につめたく答えた。

国が治まっているかぎりは、秘密を知った者を殺しつづけるおつもりかと、私は叫んだ。私も与次郎も殿様が誰であってもよかったのに。

わめきつづける私を遮って、人の気持はわからぬと仰言った渋江様の目は、今でも忘れられない。

しっかりとしたお世継ぎがきまるまで、『殿様』にはもう少し、生きていただかねばならぬ。そうわかっていても、『殿様』、いや、わたしが腹立たしくなることもある筈だ。梶原政景は、わたしへの不満を押し潰すために秋田を出て行ってくれた。

小坂へ再嫁してもらうと、渋江様は仰言った。佐竹がわざと水戸へ残してきた者がいるが、小坂もその一つなのだという。誰が嫁ぐものですかと叫んだが、渋江様は聞えなかったような顔で、秘密を洩らせば恐しいことになる、わたしに悲しい思いをさせないでくれと言った。

翌日、高倉の屋敷へ駕籠が迎えにきて、私は水戸へ帰された。与次郎の遺髪は、駕籠の中にあった。ゆっくりとした行程で水戸に着くと、驚いたことに、小坂家当主の姪が私の弟の許嫁となっていた。私の父に、小坂家の当主は、末長くおつきあいを願いたいと繰り返していったそうだ。

また雨になった。昨夜から、胸が苦しい。でも、与次郎様の子を生むまでは……

日記はそこで終わっている。みごもっていたのは与次郎の子ではない筈で、楓は少し意識が薄れていたのかもしれない。

が、子供は無事に生れたにちがいない。この日記を燃やすにしのびないと言って茶箱の隅に押し込んでおいてくれたのは、この時みごもっていた息子以外に誰がいるだろうか。

つけくわえておけば、渋江政光は慶長十九年（一六一四）、家康が淀殿、秀頼母子を攻めた大坂冬の陣で討死する。覚悟の死であったように見えたという。石田三成との盟約に背いたことや、与次郎はじめ多くの人々の命を奪ったことへの詫びの意味もあったのかもしれない。

あんちゃん

千住大橋《せんじゅおおはし》を渡った。

俺は一歩踏み出した、そう思った。昨日、夕七つ前には千住宿の北側、野州《やしゅう》の方から見れば大橋の手前の上宿《かみじゅく》に着いていたのだが、橋を渡らなかったのはこのためだった。のぼる朝日を眺めながら橋を渡って、江戸へ一歩踏み出したと感じたかったのだ。

橋を渡っても、まだ下宿《しもじゅく》と呼ばれる千住宿のうちであることはわかっている。昨夜、大橋の下で野宿をした時に、月の明かりで幾度も切絵図を見た。江戸へ行くと言った捨《すて》松《まつ》に、次兄の友二《ともじ》が行李《こうり》の底から出してきてくれたものだった。

反古《ほご》紙《がみ》で裏打ちをした、皺だらけでところどころ文字が読めなくなっている切絵図であった。それを、渡してしまいたくないような表情で差し出して、友二は「俺が行くつもりだっただよ」と言った。

「でも、俺はよ、こわくなっちまっただ。この絵図をくれたのは、仁兵衛《にへえ》爺《じい》さんとこの宗吉《そうきち》だけっども」

宗吉は、江戸へ出て行ったものの無一文で帰ってきた男だった。江戸へ行けば、日傭取《ひようと》りでも食べてゆくことはできる。女房をもらっても、女房が内職をしてくれれば食べて行けるだろう。が、江戸へ出てきても日傭取りで一生を終えるのかと思ったとたん気持が萎えて、仕事に出て行く気にもなれず、飲まず食わずで帰ってきたという。

「俺が江戸へ行っても、おんなじことだっぺ。だから、俺あ、この絵図を宗吉からもらったあとも、明日旅に出ようか、明後日《あさって》にしようかと迷って、とうとうこの年齢《とし》になっちまっただよ」

なかなか渡そうとしない友二から、切絵図を奪い取るように自分のものにして、捨松は「江戸で落着いたら、一番先にあんちゃんを呼ぶよ」と言った。友二は力なく笑って「あてにしているよ」と答えた。

捨松が大金持になるなど、ありえないことだと思っていたのだろう。万に一つ、というよりその方が確かだと友二は思っているにちがいないが、捨松が宗吉のようにぼろぼろになって帰ってきても、何も言わずに迎えてやろう、家にあるだけの稗《ひえ》やら大根やらで粥をつくって食わせてやろうと考えていたのかもしれなかった。

捨松には、三人の兄と二人の姉がいる。一番上は長女のおはるで二番目が長男の嘉一《かいち》、次男の友二と末っ子の捨松の間に、次女のおゆうと三男の留三《とめぞう》がいた。捨松の名の由来も、名前に捨てるとつけるのは縁起がいいということではなくて、留三で留めておきたかったのに生れてしまった、捨てることになっても恨んでくれるなという意味がこめられていたのだという。

おっ母さんが間引《まびき》にしくじっただよとは、五つちがいで毎日捨松の守りをさせられていたおゆうの言葉だった。

長女のおはるは捨松が生れた年に売られたそうだ。おゆうは薄暗い土間に入ってきた女衒《ぜげん》の姿をよく覚えていて、「お大臣《だいじん》みたような人が入ってきたからよ、あんちゃんの働き口がきまったのかと思ったら、ねえちゃんが泣きながら連れて行かれた」とよく言っていた。

おはるはその時十三だったそうで、「お前が生れちまったから、ねえちゃんが売られただ」と、おゆうは、よちよち歩きの捨松が転んで泣いたりすると、憎々しげに言っていたものだ。

そのおゆうも、七年前に売られていった。三つちがいの留三は、土蔵があるのでこのあたりではお大臣と呼ばれている男の家に、五年ほど前に雇われていった。

運のいい奴だと、友二は羨ましそうに言っていた。友二が切絵図を手に入れたのは、その頃だったのではないか。

ほんとうなら、友二がお大臣の家に雇われていた筈だと捨松は思う。留三より友二の方が体格がよく、働き者だったし、何より気立てがよかった。

おゆうのように、ひもじい時や寒い時に八つ当りをして捨松を叩くこともなかったし、留三のように、捨松が庄屋さんからもらった柿の実を横取りすることもなかった。それどころか、そんな時におゆうや留三を叱ってくれるのは、友二だけだった。

が、九つ年上の友二が十二歳になった時、父が怪我をして床についた。おはるはすでに売られていて家にいず、八つのおゆうが三つの捨松の面倒をみながら父親の看病をするのは、いくらおゆうが気の強い子でもとうていむりだった。やむをえず、母親が家にいることになったのである。

雇われて働く無高百姓《むだかひゃくしょう》でも、田畑は懸命に耕さねばならない。いや、雇われて働く百姓だからこそ、人よりも早く野良へ出て、人よりも遅く家へ帰ってこなければならないのである。無高百姓が怠けていたならばどんなことになるか、鋤鍬《すきくわ》を持って働くことしか知らない両親や兄達にとっては、考えるだけでも恐しいことだっただろう。

父が怪我をした時、嘉一は十四だった。一人で田畑を耕して、雇い主が望む通りの収穫をあげるのは、まだむりだった。たとえ十二でも力の強い友二がいてくれた方が有難かったにちがいなく、この頃から友二に江戸への憧れが芽生えていたとしても、身動きがとれなかったかもしれない。

七年前におゆうが売られた時、友二は十七だった。

「正直に言えば、あの時にあとさき考えず、家を飛び出しちまえばよかっただよ。おゆうを売った金が、おっ母さんの手許にあっただし」

が、友二は考えてしまった。俺が江戸へ出て行っても大丈夫だろうかとか、江戸でしくじって帰ってきた時に迎え入れてもらえるだろうかとか。そんなことを考えているうちに、母親が看病疲れでたおれてしまったのである。

これだけ友二を家にひきとめるような出来事が起これば、留三が雇われ、捨松が嘉一を助けて働けるようになり、今戸《いまど》箕輪《みのわ》浅草《あさくさ》の切絵図を手に入れても、迷いつづけてしまうのも当然だろう。

あんちゃんは、羨ましがっているべな、俺を。

そう思う。餞《はなむけ》に切絵図を渡してやろうとしても、なかなか手を離せなかった気持もわかる。

「でも、俺は江戸さきた」

切絵図に書かれている小塚原町《こづかっぱらまち》は、もう通り過ぎたにちがいない。中村町を過ぎて、あまり通りたくない仕置場を駆け抜ければ、浅草山谷町《あさくささんやちょう》という町に出る筈だった。

浅草といえば江戸である。浅草の観音様の話は、多分、庄屋さんからだったと思うが、子供の頃に聞いたことがある。村のお祭りよりも賑やかなのだとか、庄屋さんでさえ、風雷神門という門の前で、絶えることのない人通りを呆然と眺めていたのだそうだ。

俺は、もうじきその賑わいの中へ行く。俺もびっくりして人通りを眺めちまうかもしれねえけっど、いつか俺は、人通りの真ん中を歩いてやる。そうして、友二あんちゃんを案内して、うまいものを食わせてやるんだ。

胸の動悸が激しくなって、息苦しいくらいだった。昨夜から何も食べていないことも忘れていた。捨松は、仕置場の木立の中を、精いっぱいの早さで駆け抜けた。


「旦那様、八王子からお客様がおみえでございますが」

手代の清二郎《せいじろう》の声に、千寿屋与兵衛《せんじゆやよへえ》は我に返った。野州から届いた炭の俵が蔵にはこびこまれるのを、ぼんやりと眺めていたところだった。

「あの、お名前を伺ったのでございますが、八王子からきたと言えばわかると言われまして」

「ふうん」

与兵衛は口許に薄い笑みを浮かべたが、清二郎は心配そうだった。

「血相を変えておられます。鳶《とび》の頭《かしら》でもお呼びしておいた方がよいのではございませんか」

「いや、いい」

名前を告げてもらわなくても、八王子という地名だけで、誰がどんな用件できたのか見当がついた。

「奥の客間、いや、店の二階にお通ししておいておくれ」

「承知いたしました。先に番頭さんに、二階へ上がっていただきましょうか」

与兵衛は、もう一度口許に笑みを浮かべた。

「そうしておくれ。また、あとでわたしが番頭さんに叱られるだろうけれども」

清二郎は、軽く頭を下げて店へ戻って行った。

与兵衛は、裏木戸から中へ入った。まさか主人が入ってくるとは思っていなかったのだろう、木立の陰にあった人の姿が、はじけるように二つになった。先日手代に引き上げたばかりの新之助と、今年の四月に雇い入れた女中のおもとだった。

新之助は、何げなく庭へ出てきたところ、おもとが蹲《うずくま》っていたものでと言訳をして、おもとに「大丈夫かえ」と声をかけた。

叱る気にもなれず、「台所まで連れて行っておやり」と言って、与兵衛は奥の出入口から家に上がった。

たまたま出入口にいた女房のおさいが、「どうかなさったのですか」と言う。与兵衛はかぶりを振った。

「鬱陶しい客がきたのさ。店の二階へ上がってもらうよう清二郎に言いつけたが、すぐには上がらずに店を見まわしているだろう。それで、こっちへきたんだよ」

「まあ」

おさいは、大きな目をいっそう大きく見開いた。

「いやなお話のようでございますね。それなら、番頭さんにおまかせしてしまえばよろしいのに」

「そうもゆかないのさ」

「では居間で茶をお飲みになって、気持をゆっくりさせてお行きなさいまし」

そうしたかったが、待たせれば客の気持が昂《たかぶ》るだろう。

一月《ひとつき》ほど前、与兵衛は浅草に上屋敷のある大名家に呼び出され、至急二十俵ほどの炭を届けてもらえまいかと頼まれた。

千寿屋が商っているのは炭である。大名家は支払いの滞ることが多く、決してよい客ではないのだが、大名家御用達の看板は、おそらく江戸で一番新しい炭屋である千寿屋に、箔《はく》をつけてくれこそすれ、傷をつけることはない。

二つ返事で承知しようと思った時に、大名家の勘定役が、「実はな」と言った。

「実はな、当家に炭を納めているのは、ずっと八王子の小島屋《こじまや》なのだよ」

あまり支払いが滞ったので、取引を断られたか、少なくしてくれと頼まれたかだと思ったのだが、逆だという。

「ま、借金がないとは言わぬが、毎年きちんと納めてくれている。ところが、小島屋が納めてくれるだけでは足りなくなったのだ」

八王子は、昔から江戸で使われる炭をまかなっていた。八王子でも炭を焼いていたというのだが、とても充分に行き渡るほどには産出できなかったらしい。山にかこまれた甲州でつくられる炭を買いつけて、江戸へはこんでいたという。

それでも、人口がふえつづける江戸の需要に追いつけない。下野《しもつけ》で焼かれる野州炭が大量に出まわるまで、炭は、贅沢品と言っていいほど高額だったのである。

「が、野州炭が入ってきて安くなったといっても、昔々にくらべれば、やはり値上がりしているわけでの。有体《ありてい》に言えば、我等が用意する金では、昔々の半分も買えなくなった」

「荷車で炭をはこぶ者に払う金も、ばかにならないのでございます」

「値上がりはやむをえないと言うのか」

「はい」

江戸には、坂道の下に立って、重い荷物をのせた荷車がくるのを待っている者もいる。後押しをして、駄賃をもらうのだ。その駄賃で、めしを食べられない時もあるけれど、無高百姓のひもじさにくらべれば何ということもない暮らしが江戸ではできるのである。

「ま、それはそれとして、当家に炭を納めてくれぬかの。小島屋に、あと五十俵と頼んだのだが、手持ちのものはすべて出荷の約束があり、甲州へ買いつけに行かねばならぬと言われた。まもなく木枯らしが吹こうというのに炭が足りず、おまけに高価な炭を買わされそうなのだよ」

「手前どもがお納めするのは、二十俵でよろしゅうございますか」

「五十俵なら、なお有難いが。小島屋に頼んでおいて一俵もいらぬでは、さすがに顔向けができぬでの」

「それでは、三十俵お納めいたします。そのかわり」

「わかっておる。来年も安い野州炭を納めてくれるとなれば、こちらも大助かりだ」

売れる見込みのあるものではあったが、手持ちはあった。与兵衛はすぐ三十俵の炭を、それも少々安い値で大名家へ届けた。

小島屋にも十俵や二十俵の余裕はあったと思う。すぐに納めなかったのは、もったいをつけて値を吊り上げようとしたにちがいない。安い野州炭を扱う店がふえているというのに、小島屋の油断だった。与兵衛は、その隙に大名家の信用を得てしまおうと考えたのだった。

五十俵そろったという使いを大名家へ出した小島屋は、あと二十俵もあればいいという返事をもらう。驚いて、あちこちへ探りを入れて、千寿屋が三十俵を納めたとつきとめた。長年の得意先を横取りする気かと乗り込んできたのだろう。

与兵衛は店へつながる廊下を早足で歩き、二階への階段をゆっくりとのぼった。番頭の徳右衛門《とくえもん》が、小柄で頭髪の薄くなった男と向かい合っていた。

徳右衛門が、与兵衛の坐る場所をつくるように、坐ったままあとじさった。小島屋は、そこへ腰をおろしてていねいに頭を下げた与兵衛を無遠慮に見つめた。

「まだお若いのに」

と、小島屋は言った。

「いや、お若いゆえ、義理とか道理とかいうものをご存じないのかもしれませんな。あのお大名家は、私ども小島屋卯七郎《こじまやうしちろう》が百年近くもおつきあいさせていただいているのでございますよ」

「それは、お勘定役から伺いました」

「それとご承知で、私どもを押しのけようとなさったのでございますかえ」

「押しのけようなどと」

与兵衛は、とんでもないというように手を振った。

「私どものような新顔が、老舗《しにせ》の小島屋さんを押しのけるなど、できるわけがございません。ただ、炭が足りないというお大名家がお気の毒だったものですから」

「あんな安い値で納めなすって。来年は、これまでの半分だけ納めてくれと言われましたよ」

与兵衛は口を閉じた。小島屋卯七郎の、怒りで煮えたぎるような視線が突き刺さった。

「どうしてくれるんです、この始末は」

「八王子の炭が、安い野州炭に押されていると言われましても」

「何分、新参者でございますので」

「ご存じないとは言わせませんよ。お勘定役も野州炭が安いとお知りなすって、八王子炭は半分にしようとお考えになった筈だ」

「私は、お勘定役ではございません。お勘定役が何をどうお考えになられたのか、私にわかるわけがないではございませんか」

「よくも、いけしゃあしゃあと。長年のお出入先を横取りしておきながら」

膝に置かれた小島屋卯七郎の手が、膝をくるんでいる着物を強く握りしめた。そのこぶしが、あきらかに震えている。気持を落着かせようとしたのだろう、湯呑み茶碗をとって口許へはこんだが、与兵衛はそれを投げつけられるのではないかと思った。

「お怒りはごもっともでございますが」

番頭の徳右衛門が、わずかばかり膝をすすめた。

「私どもには、どうしようもなかったのでございます。急なお呼び出しがありまして、炭が足りぬ、何とかしてくれとの、それこそ泣きつかれんばかりのお頼みでしたので」

小島屋は口を閉じた。もったいをつけていた隙に割り込まれたとは、自身にもよくわかっているのだろう。

「お大名のお屋敷は、お部屋がひろうございます。冬場に炭が足りなければ、これほどつらいことはございません。お国許へお帰りになれない奥方様や若様がご難儀なさるのではないかと、手前《てまえ》どもの主人はそう考えまして、炭をお納めさせていただきましたのです」

「お下屋敷《しもやしき》はどうなのだ」

「同じことでございます。その後にもう一度頼むというお使いがおいでになりましたので、お納めいたしました」

「百俵だそうだな」

「はい。百俵も足りないのでは、さぞお寒い思いをなさるのではと心配いたしまして、急ぎ納めさせていただきました。お勘定役も、ほっとなされたようでございます」

「奥方様や若様の心配までしてもらって、こちらとしては礼を言わねばならないのだろうが、なぜ一言挨拶をしてくれぬ。こういう事情で今年だけ納めさせてもらうという挨拶さえあれば、わたしがわざわざ八王子から出てくることもなかったのだ」

今年だけではない、大名家は来年もっと納めてくれと言っていると思ったが、黙っていた。与兵衛のかわりに、徳右衛門が頭を下げていた。

「それは、私めの不手際《ふてぎわ》でございます。小島屋さんへご挨拶に行けと言われていたのでございますが、この通りのいそがしさでございます。まだ万事に不慣れな主人を残して旅立つわけにもまいりませんで」

「ご繁昌で結構なことだ」

と、小島屋卯七郎は精いっぱいの余裕を見せて言った。

「人の店の出入先を奪うようなことをしていなければ、こうは繁昌しないだろうが」

「人聞きのわるいことを」

「まあ、いい」

小島屋は、湯呑み茶碗を持っていたことにはじめて気づいたように自分の手を眺め、茶碗を叩きつけるように畳に置いて立ち上がった。

「新参者のくせに、あやまるかと思えばこの言い草だ。覚えていなさるがいい、人の出入先を奪う者が今にどんなことになるか」

「わたしどもにも、横取りする気はございませんのですが」

大名家の方がうちを気に入ってくれたのだと言おうとしたが、徳右衛門の指が脇腹を突ついた。

「おかまいもいたしませんで」と、徳右衛門は、怒りに口もきけなくなったらしい小島屋卯七郎のあとを追った。

与兵衛も、ゆっくりと立ち上がった。ばかめ、値を吊り上げようなどとするから大事な得意先をなくすのだと胸のうちで嘲ったが、気分はよくない。

のろのろと階段を降りると、小島屋はもう草鞋《わらじ》をはいていた。徳右衛門から合羽《かっぱ》と笠を奪い取って、挨拶もせずに外へ出て行った。

小島屋もお終《しま》いだと思った。徳右衛門がそっと調べてきたところでは、小島屋の台所は、安い野州炭に押されて火の車であるらしい。大名家になかなか炭を納めなかったのも、高値でもよいから早く届けてくれと言い出すのを待っていたのかもしれなかった。そのあてが、はずれた。来年は半分でいいと言われたとすれば、店のたてなおしはなかなかむずかしいだろう。

店の外まで見送りに出て、早足で戻ってきた徳右衛門に、与兵衛は「老舗だというが、商いはへただな」と話しかけた。

「わたしが小島屋だったら、大名家の頼みに二つ返事でうなずいて、少々むりをしても安い値で納めるね」

「で、お勘定役に、小島屋は八王子炭でも安いと他藩の方々へ伝えていただき、出入先をふやすと言うおつもりなのでしょう。それもまた、出入先の横取りではありませんか。商売上手なのは結構でございますが、横取りはいい加減になさいませ」

また叱言がはじまったと笑おうとした与兵衛の目が、店の軒下に吸い寄せられた。泥まみれなのか垢まみれなのか、ぼろぼろの着物をまとった汚い男が、おずおずと店の中を見まわしているのである。

「まさか」

口の中がかわいた。年老いて見えるが、男は四十二、三にちがいなかった。

「あんちゃん、友二あんちゃん」

男の口許が、ほっとしたようにほころびた。

「捨松か」

「んだ。俺が捨松だ」

与兵衛は、子供の頃のように男へ向かって飛んで行き、長身の男の胸に顔を埋《うず》めた。汚さも、汗のにおいがするのも忘れていた。がっしりしていた友二の軀は、胸が薄く、肩の幅も小さくなっていたけれど、与兵衛の肩を撫でてくれる手の感触は、捨松の肩を撫でてくれたそれと同じようにやさしかった。

「あんちゃん、会いたかっただよ。よく出てきてくれた」

与兵衛の目から、ひさしくこぼれなかった涙があふれ出てきた。

引越を重ねてもそれだけは捨てなかった切絵図を見せると、友二は嬉しそうに笑った。

簡単な行水を使わせてから、清二郎に湯屋へ連れて行かせたので、友二の顔は別人のよ
うにつややかになっていた。が、口許や額にきざまれている皺は、思いのほかに深かった。

尋ねたいことがあるのだが、与兵衛はそれをあとまわしにして、友二の盃に酒をついだ。

「もう、いい。酔っ払っちまった」と言いながら、友二はそこから少しだけ酒を飲んだ。

「それにしても、てえしたものだなあ、お前《めえ》は」

「いや、運がよかっただけだよ」

「いえ、よくお働きになりましたよ」

番頭さんにご面倒をおかけしたにちがいないからと友二に言われ、一緒に酒を飲んでいた徳右衛門は、そう言って銚子を持ち、中をのぞいて客間の外へ出て行った。つい先刻、女房のおさいが口実を設けて台所へ出て行ったので、自分も姿を消し、兄弟二人きりにしようと考えたのだろう。

徳右衛門の足音が遠くなると、友二は「かまわねえかえ」と尋ねて、床柱《とこばしら》まであとじさった。寄りかかって、足をのばす。「こんなお屋敷で」とかしこまっていたのだが、ようやくくつろいでくれる気持になってくれたようだった。

「お前《めえ》の出世話を聞かせてもれえてえな」

「あんちゃんは、くたびれてるだろう。今夜は早く床へ入りねえな」

「湯屋から帰ってきて、一刻《いっとき》ほど眠らせてもらったじゃねえか。まだ大丈夫、お前《めえ》の話が聞きてえよ」

「断っておくが、たいした話じゃねえよ」

「どんな話でもいいだよ。お前《めえ》の声を聞いていてえ」

友二は、床柱に寄りかかったまま目を閉じた。眠ってしまうのではないかと思ったが、与兵衛が口を閉じていると、「早く」というように目を開ける。与兵衛は、自分の盃に残っていた酒を飲み干してから口を開いた。ひとりでに国訛りがまじった。

「俺はまず、浅草寺《せんそうじ》へ行っただよ。庄屋さんがお祭りみたようだと言ってなすったから」

お祭りどころではなかった。人に突き当らずに歩くのもむずかしいような混雑で、与兵衛、いや捨松は、風雷神門に近づくことすらできずに立ち尽くしていた。

が、それがよかったのである。その目の前で、老人が早足の若者に突き当られ、手をついて倒れたのだった。

思わず助け起こした捨松を見て、老人は、「田舎から出てきたのかえ」と尋ねた。うなずくと同時に捨松の腹の虫が鳴き、老人は、しわがれた声で笑った。

「わたしにも覚えがある。助け起こしてもらったお礼に、蕎麦くらいご馳走するよ」

そう言って、すぐ近くの蕎麦屋へ連れて行ってくれたのだが、捨松は、村で食べたことのある蕎麦とは別ものだと思った。江戸の蕎麦は、見たこともないような食べものがその上にのせられていて、正月に出されても不思議はないようなご馳走だったのである。

老人は「ゆっくり食え」と笑い、無一文でも知り合いがいなくても稼げる方法を教えてくれた。それが、坂道の下に立っていて、重い荷物をのせた荷車の後押しをすることだった。

捨松は毎日、坂道の下に立った。雨の日も雪の日も、ずぶぬれになっても手足が凍《こご》えても立っていた。ねぐらにした神社や寺院の床下は軀を暖めてはくれなかったけれども、御手洗《みたらし》の水で顔や手足を洗うことができ、手にした駄賃で真っ先に買った手拭いがあれば、それほど汚い姿にならずにすんだ。

とりあえず、飢えることはなくなった。飢えることはなくなったが、四畳半一間の長屋ですら、なかなか借りられなかった。そのままでは、日傭取りで一生を終えるのかと気鬱《きうつ》の病いにかかった宗吉の、二の舞となってしまいそうだった。

宗吉は日傭取りだけれども、俺は荷車の後押しだ。

荷揚げ人足でもいい、米搗《こめつ》きでもいい、今日も働けるとわかっている仕事につきたかった。通るか通らぬかわからない荷車を待っている毎日から脱け出したかったが、それにはどうすればよいのか、それがわからなかった。

帰ろうか。友二あんちゃんに会いたい。

が、大事にしていた切絵図まで渡してくれた友二に、どんな顔をして会えばよいのだろう。

坂道の下へ行くのも億劫になって、気鬱の病いにかかりそうだった時に、捨松は境内で財布を拾った。

中には三両もの金が入っていた。捨松は、思わずあたりを見まわした。この金があれば、と思った。

この金があれば、家が借りられる。家が借りられれば、もう少しまともな仕事につけるだろう。住む家さえあれば、何町の捨松となのって、仕事をさせてもらえないかと頼みに行けるのである。

　せめて、と思った。せめてこのうちの一分、いや一朱でもいい、半年くらい貸してもらえないだろうか。

　思い切って財布の中へ手を入れた時、内側に書かれていた文字に気がついた。懐に押し込まれていて、持主が汗をかいた時にでもにじんでしまったのだろう、読みにくくはなっていたが、さくま丁一丁め、いのすけと、捨松にも読めるひらかなで書かれていた。

　持主がわかったってのに、黙って金を使えば泥棒だ。半年もたたねえうちに泥棒になっちまったら、切絵図をくれたあんちゃんに申訳ねえ。

　坂道での車の後押しをするうちに、ついでに麴町までとか本郷までとか頼まれるようになって、江戸の地理も少しはわかるようになっていた。捨松は佐久間町一丁目へ難なく辿り着き、伊之助の住まいもたずね当てた。

　それが、千寿屋与兵衛への第一歩だった。佐久間町の伊之助は、浅草で出会った老人だったのである。

「よく金に手をつけなかったな」

　と、伊之助老人は笑った。

「浅草で会った時と身なりは変わっていないし、わたしが教えた通りに車の後押しをして暮らしているんだろう」

馬鹿、と伊之助は言った。

「馬鹿正直という言葉があるが、江戸にはない。正直か馬鹿かのどっちかで、お前さんはあとの方だよ」

「でも」

「わかってるよ。わたしも、ひさしぶりに馬鹿に会って、少し嬉しくなっちまった。何なら泊まってゆくかえ。わたしの仕事は馬鹿にゃつとまらないが、ぜひにと言うなら手伝ってもらってもいい」

断る理由などどこにもなかった。捨松は、喜んで老人の仕事を手伝うことにした。

ただ、伊之助老人の家は二階建の仕舞屋《しもたや》で、普通の家ならば茶の間というにちがいない四畳半に帳場格子が置かれているものの、商売物らしい品は何も置かれていなかった。その筈で、伊之助老人の仕事は高利貸だったのである。

徳右衛門は、伊之助の手伝いをしていた男だった。伊之助は、越後の無高百姓の伜《せがれ》で、文字の読み書きは苦手だという。「さくま丁一丁め」が精いっぱいであるらしい。ほかにもう一人、徳右衛門と同じ年頃の男が出入りしていたが、この男は貸し付けた金の取り立てをひきうけているということだった。

伊之助は、捨松には帳付《ちょうつ》けも取り立てもむりだと思ったのだろう、自分の身のまわりの世話をすることを言いつけた。給金はなく、小遣いをくれるだけであったが、捨松は、着替えを手伝ったり肩や腰を揉んだりするだけで米のめしを食い、小遣いをもらってよいのだろうかと思った。ずっとこんな暮らしをしていいのなら、友二も呼んでやりたかった。

伊之助は伜を見つけたような気になっているのだと、徳右衛門は言った。越後から出てきて金貸となった伊之助は、何人かの女がいたもののついに所帯をもたず、しばらくの間は独りで、徳右衛門が手伝うようになってからは男二人で暮らしてきたのだそうだ。

「人が信じられなかったんだとさ」

と、徳右衛門は言った。

「女房をもらったら、女房が金を持って逃げるような気がしたんだと」

女の一人が子供を生んだが、まとまった金をもらって別れたらしいという。

「もっとも、別れたいとは女の方が言ったそうだがね。言い出す手間がはぶけたと、旦那もその時は笑っていなすったが、あの年齢《とし》だからね、お前が文句も言わずに世話をやいてくれるから、可愛くってしょうがないんだろう」

薪屋か炭屋をやりたいとは、伊之助が言い出したことだった。

「わたしは、いつお迎えがきてもおかしくないほど年齢《とし》をとっちまったが、徳と捨松を見ていると、とうていこの商売はやってゆけないと思うのさ」

それまでには、商売のやりかたを覚えますよと捨松は言ったが、伊之助は苦笑した。

「お前も徳もいっぱしの苦労をしたつもりになっているが、わたしの半分もしちゃいないよ。金貸なんてのは、それくらい苦労をした者でなくっちゃできないのさ」

徳右衛門は、苦笑いをしてうなずいた。徳右衛門は借金で夜逃げをした商人の伜だという話を聞いたことがあるが、その徳右衛門がうなずいたところをみると、伊之助の苦労は人に言えない、たとえば裏口からしのび込んで食べものを口へ押し込まなければ飢えて死んでしまうような、そんなつらさを経験してきたのかもしれなかった。

「だからさ、わたしの目が黒いうちに別の商売にも手を出して、お前達に商売というものを覚えておいてもらいたいんだよ」

借金のかたにとったのだろう、伊之助は、すでに近くの店を買っていた。

捨松の新しい苦労、辛抱は、そこからはじまったと言ってもいい。伊之助は、一月《ひとつき》で文字と算盤《そろばん》を覚えるように言いつけた。それも、伊之助の着替えを手伝い、肩や腰を揉む合間に、徳右衛門から教われというのである。

一月《ひとつき》という期限つきだった。伊之助が居眠りをするまで腰を揉んでいると昼時になり、大急ぎで昼飯を食べていても、気まぐれな伊之助が外出の供を言いつけることもあった。

その頃の捨松は、床に入って眠ったことがない。人が寝しずまった夜更けに、徳右衛門が書いておいてくれた文字を写し、古い帳面の勘定を算盤ではじいて、その数字を反古紙に書きつけていたのだった。

そのあとで、これも伊之助からの借金を返しきれなかったらしい瀬戸物屋にあずけられた。借金返済で苦労した仇を、あずけられた捨松でとろうとしたわけではないだろうが、瀬戸物屋の亭主は決して温厚とは言えない人物だった。二年の間に捨松は痩せ細り、ふらふらと歩いているのを見かけた徳右衛門が、その場から連れ戻してくれなかったならば倒れていたかもしれなかった。

だが、商売のやりかたは覚えた。徳右衛門からもらった古い書状や帳面を瀬戸物屋にも持って行ったお蔭で、読み書きできる文字の数もふえていた。

伊之助は、買い取ってあった店に移った。取り立ての男は、まともな商売は性《しょう》に合わないと言って出て行ったが、伊之助が買い取る前の店に奉公していたという男が、「何《なに》卒《とぞ》よろしく」と言ってたずねてきた。あらかじめ声をかけておいたようだった。

店に好きな屋号をつけろと、伊之助は捨松に言った。

「それと、捨松でわるいというわけではないが、もう少し重々しい名前をつけな。いずれお前がこの店の主人になるんだから」

徳右衛門もそれがいいと言った。自分は番頭が性に合っているというのである。

捨松は、屋号を千寿屋にきめた。千住大橋を渡った時の、あの昂揚した気分は忘れろと言われても忘れられるものではなかったし、恩人の伊之助の長寿も祈りたかった。名前は、捨てるより与える方がいいと思った。与の字を選んで与之助にしようと思ったのだが、伊之助が「わたしの名に似せることはない」と、与兵衛に変えた。

「それからは万事うまくいった、というほどでもないが、ま、一所懸命に働いて、東仲町という浅草の目抜き通りへ引っ越してくることができただよ。ま、店はそんなに大きくないが」

「いやいや、立派なものだ」

「この店へ引っ越してきて、俺が帳場格子の中で帳面を付けているのを見なすった伊之助旦那が、それは喜んでくれなすってねえ」

「そりゃそうだろう」

「亡くなりなすったのは、それからまもなくだった」

「旦那にいい孝行をして差し上げたじゃねえか」

「あんちゃんも、そう思ってくれるかえ」

と、与兵衛は言った。

「旦那は、安心したと言ってくれなすったけど、商いがうまくいったのは、俺が下野生れだったからかもしれない。番頭さんとはじめて野州炭の買い付けに行った時、仲買の人が俺の野州訛りを面白がってねえ。話がどんどんすすんだんだ」

「何が幸いになるか、わからねえな」

「うん」

言葉のとぎれたところで、与兵衛は気になってならないことを尋ねた。

「俺、あんちゃんに少し金を送ったんだけど。江戸へ出てこいって迎えをやっただろ。だけど、あんちゃんがいやだって言ったから」

「うん」

「ここへ越してきた時だから、四年前になるかなあ。あの金じゃ足りなかったのかえ」

「嘉一あんちゃんに渡した」

「何だって」

友二は、ようやく床柱から軀を起こした。

「嘉一あんちゃんが、田圃《たんぼ》と畑を買っただよ。言うのが遅れちまってわるかったが、嘉一あんちゃんがお前《めえ》に礼を言っていただ」

「礼なんざどうでもいいが、俺は、友二あんちゃんに金を送ったんだ。友二あんちゃんに、田圃を買ってもらいたかったんだよ」

「有難うよ」

友二は、深々と頭を下げた。

「お前《めえ》の気持はわかっていただけっども、嘉一あんちゃんの、その、つきあっていた娘《むすめ》っ子《こ》が子供を生んじまったし、留三は暇を出されて帰ってくるしで、嘉一あんちゃんが田圃を買って、みんなを養うしかなかっただよ」

「で、友二あんちゃんは、嘉一あんちゃんの小作をしてるのか」

「うん。留三も一緒だ」

友二は、少し間《ま》をおいてから口を開いた。

「去年、かあちゃんが死んじまってな。六年前にとうちゃんが死んでから、少し元気になってただが」

「わかったよ」

与兵衛は客間を出て、徳右衛門を呼んだ。徳右衛門は店にいて、買い付け先の値を調べていた。与兵衛は、徳右衛門に十両の金を用意させ、服紗《ふくさ》にくるんだ。使いみちは尋ねなかったが、徳右衛門は、金を渡す時に短い言葉を口にした。聞きとりにくい声だった。

「およしになった方が」と言ったような気もしたが、与兵衛は聞き返さずに客間へ戻った。友二は、床柱の前でのびをしていた。

「何だ、これは」

差し出された服紗包みを見て、友二は怪訝《けげん》な顔をした。

「金か」

「そうだ」

与兵衛は服紗を開いて見せた。

「これだけありゃ、あんちゃんの分の田圃も畑も買える筈だ。それから、とうちゃんとかあちゃんの墓も」

「ばかやろう」

重苦しい音がして、軀が飛ばされた。わけがわからずに立ち上がろうとして、こめかみのあたりにすさまじい痛みがあることに気づいた。友二に殴られたのだった。

与兵衛は、畳を這って友二から逃げようとした。父親からも嘉一からも、末の兄の留三からも殴られたことがあるが、友二からは罵声を浴びせられたことすらない。

「ばかやろう、俺あ、金をもらいにきたんじゃねえや」

障子が開いた。友二の大声を聞きつけて、徳右衛門とおさいが走ってきたのだった。

「かあちゃんが死んで、今年の冬は暇があるから江戸へ行ってこいと、嘉一あんちゃんが言ってくれたから、俺あ、江戸さ出てきただ。金をもらいにきたんじゃねえ」

友二が振り上げたこぶしに、徳右衛門が飛びついた。

「いくら俺が貧乏な小作だからって、弟に金をせびりにくるような、そんな情けねえ真似をするわけがねえだろうがよ。おゆうが売られた先はわからねえけれど、ことによると、おはるは深川で死んだかもしれねえっつうから」

友二の声は、そこでとぎれた。顔をおおって泣き出したのだった。生れてはじめて見る友二の泣き顔だった。

徳右衛門が、別の部屋に床をとったからと話しかけた。が、友二は乱暴に徳右衛門の手を振り払った。

「俺あ、おはるねえちゃんの死んだところに手を合わせにきただ。俺達のために売られただもの、南無阿弥陀仏《なむあみだぶつ》の一言くらい、唱えてやりたかっぺよ。それなのに、ばかやろう、金を突き出しゃあがって」

「お兄さん、お話は明日になすって下さいまし」

「いやだ。俺は帰る。何でも金だ、金だと言う男の家になんざ、泊まっていられねえ」

怒りで酔い心地は醒めたにちがいないが、酔いは足許に残っていた。友二は敷居につまずいて、徳右衛門とおさいに支えられた。

「ご覧なさいまし、表へ出るのもごむりですよ。それに、おはる様というお方のお参りもなさるのでございましょう」

友二は口を閉じた。

「ですから、そうなさいまし。うちの旦那には、店の二階に寝ていただきましょう。奥でお寝《やす》みになれば、今夜はもう旦那とお顔を合わせることもございませんよ」

徳右衛門の言葉に友二がうなずいたのかどうかは、畳にうつぶせている与兵衛には見えなかった。が、時折ころびそうになる足音と、それを支えて立ち止まる足音が遠くなって行ったのは、捨松の顔など見たくない気持より、おはるに経を唱えてやりたい気持の方が強かったからにちがいなかった。

白足袋の足音が近づいてきた。おさいだった。居間へまいりましょうと言う。徳右衛門が言っていた通り、店の二階へ行くと言ったが、おさいは低い声で笑って、「お兄様もすぐにお寝《やす》みになってしまわれますから、お顔を合わせることはありませんよ」と言った。

おさいの言葉通りになった。明六つの鐘で目を覚ました与兵衛が、顔を洗っただけで店へ出て行くと、火鉢に炭火をいれていた清二郎が、徳右衛門のことづけを伝えた。友二が帰ると言ってきかないので、おはるが死んだらしい深川へ案内し、その後、山谷のあたりまで送って行くというのである。

昼近くに戻ってきた徳右衛門は、少しばかり路銀を渡したと言った。捨松の金など受け取れるかと強情を張る友二に、「わたしが旦那から受け取った金は、わたしのものです」と負けずに言い張って、押しつけたのだそうだ。

「野宿をなさらないですむくらいのものは、お渡ししました」

「有難うよ」

友二に渡してくれた金を徳右衛門に返そうとして、与兵衛はためらった。「何でも金だ」という友二の声が聞えたのだった。

何でも金だ、金だという男の家になんざ、泊まっていられるかよ。

そうだった。友二は弟の家と言わずに、男の家と言っていた。江戸へ行くと言った弟へ大事にしていた切絵図を出してくれた兄と、今でも思い出す故郷を、同時に失ってしまったような気がした。

けち。

と、女がわめいた。ここ半年ほど、与兵衛が元鳥越町にかこっていた女だった。

かこったのは、好きになったからでも、女が可愛い顔をしていたからでもなかった。

曲がり角に蹲っていた女が、酔って通りかかった与兵衛に這うように近づいてきて、夜鷹蕎麦でいいから食べさせてくれと言ったからだった。

「二つ食べていい？」

と、女は尋ねた。「いい」と答えて蕎麦売りに銭を渡し、踵《きびす》を返しかけたのだが、それではまた明日腹を空かせるだろうと考えたのだった。

翌日もその角に立っているように言いつけて、翌日、女中のおもとに鍋釜をはこばせた。元鳥越町に空家を見つけてから女を迎えに行き、女中のおもとに鍋釜をはこばせた。おもとも女自身も与兵衛が女を気に入ったのだと思ったようだが、そんなことはなかった。その後に女の家へ行ったのもどこかへ出かけずにはいられなかったからで、女とのかかわりは、女が礼をしたいと言って帯を解いたので、受け取ってやっただけのことだった。

「けち。半年も相手をしてやってたのに、手切金はこれっぽっちかよ」

「わたしの手許には、それだけしかないんだよ。別れたいから、いくらでもいいから金をくれと言ったのは、お前の方じゃないか」

「そりゃそうだけど。わたしが飢死しそうになってたのを助けたんだからって、恩に着せようとしたってだめだよ」

「そんな気はないね」

「近所に言い触らしてやる。千寿屋与兵衛は、けちもけち、大けちだって」

「勝手におし。わたしの評判なんざ、もう落としようがないよ」

友二が怒りを消してくれぬまま、下野へ帰ってから二年が過ぎていた。無論、すぐに詫びの手紙を書くつもりだった。友二は、ぬくもりを感じさせてくれる兄であり、伊之助に勝るとも劣らぬ恩人であった。友二の切絵図があったからこそ、江戸での暮らしに耐えられたのだった。

江戸と下野で暮らしていて、顔を合わせることがなくても、下野には友二あんちゃんがいると思っていたかった。兄弟の縁を切られたかもしれないと思えば居ても立ってもいられず、いっそ下野へ行って、土下座をして詫びようかとも思ったが、どれほど詫びても、「お前は何でも金だ」という言葉が返ってきそうだった。

あんちゃん、ごめん。俺は、あんちゃんに切絵図の礼がしたかっただけなんだよ。あんちゃんにこそ、本百姓になってもらいたかっただ。俺あ、金だけの人間じゃないんだ。だが、気がついてみれば、金の話をしていない日はなかった。金という言葉が出なくても、そんな安値にうなずいてはならぬと手代に指示を出し、千寿屋から出入先を奪おうとする炭屋への対応や、売上の大きい得意先の獲得に、始終頭を悩ませていた。

何でも金だ、か。

だが、金の話をしなければ、目抜き通りに店を持ち、友二に金を送れるようにはなれない。その金は嘉一に渡ってしまったが、少なくとも与兵衛が送った金で、兄の一人は田畑を買い、自分の家のある本百姓になれたのである。

いいじゃないか、金を稼いだって。俺は、金を稼ぎたくって江戸へ出てきたんだ。

与兵衛は酒を飲みはじめた。もともと飲めない方ではなかったが、その場にうつぶせて眠ってしまうほど深酒をするようになった。徳右衛門やおさいにとめられれば、料理屋に出かける。顔見知りの女将《おかみ》が「いい加減になさいまし」と酒を出さなくなると、縄暖簾《なわのれん》をくぐった。酒を飲まなければ、眠れなくなったのである。

が、深酒は、しくじりのもととなる。たてつづけに出入先から苦情がきて、すでに愛想がつきていたらしいおさいは、子供ができなかったことを理由に実家へ帰って行った。

ふん、兄に縁を切られたと思ったら、女房まで縁を切ろうってのか。

そんな時に、曲がり角に立っていた女に出会ったのだった。女が与兵衛を千寿屋の主人と知っていて、這い寄ってきたのかどうかはわからない。わからないが、はじめのうちは哀れなほど小さくなっていた。それが半年の間に、別れたいから金をくれと言い出したのである。

与兵衛は懐から財布を出し、女の目の前でさかさにしてみせた。二朱銀が一つ、こぼれ出た。

「これで鼻血も出ないよ」

「わかった。きれいに別れてやるよ」

「ああ、そうしておくれ」

与兵衛は、元鳥越町の家を出た。足が、ひとりでに東仲町へ向かって歩き出した。その足を見ながら、いったい自分は、何をしに江戸へ出てきたのだろうと思った。

空腹を忘れるほど気を昂らせて千住大橋を渡り、荷車の後押しをしては神社や寺院の床下に寝て、伊之助に助けられた。そのあと、徳右衛門と一緒に炭屋をいとなんで、懸命に店を大きくして、兄弟とは仲違いし、女房には出て行かれた。

「ばかばかしい」

すれちがった人がふりかえるほどの大声になった。

「ばかばかしい。金持になろうとしたのに、何もかもなくなっちまったじゃないか」

俺はいったい、何のために苦労したのだろう。曲がり角に立っていた女にも、ずいぶん贅沢をさせてやったが、別れたいと言い出した。言ってみれば、金なんざ何の役にも立たない。

気がつくと、裏木戸の前に立っていた。この店に移った時の与兵衛は、何もかもが自分のためにあるような気がしていたものだ。それが昨日のように思えるのに、今は何もかもが与兵衛に背を向けているような気がするのである。

出世したと思っていたのに、俺はしくじっていたのかもしれない。俺が死んでも、誰も泣いてくれやしない。

裏木戸を開けた。誰もいなかった。裏口の戸を開けたが、台所にも人影はない。女中のおもとは、庖丁を研《と》いでいたところを呼び出されたのか、板の間の隅に砥石《といし》と出刃庖丁が置かれていた。

与兵衛は、庖丁を手に持った。研ぎかけではあるのだが、妙につめたい光を放っていた。これで命を絶つこともできると思った。のどを突けば大量の血が出ると思ったが、こわくはなかった。

静かだった。店にも奥にも人がいないようだった。与兵衛は、庖丁をのどに当てた。これで金の話などしなくなると思った。

「何をなさるんですか」

なぜか徳右衛門の声がした。開け放しにした裏口から入ってきたのだった。与兵衛に飛びついた徳右衛門の手が庖丁を奪い取り、与兵衛の手には思いきりひねられた痛みと、赤い血が残った。徳右衛門の血だった。与兵衛に飛びついた時に、指を切ったのだった。

「何という真似をなさるんです」

土間に庖丁を放り出して、徳右衛門は与兵衛の肩を揺さぶってわめいた。

「胸騒ぎがしたからきてみれば、このざまです。情けない」

「放っといておくれ。わたしなんざ、いない方がいいんだ」

「ばかなことを。取引をしてくれる仲買を探して、野州を飛びまわっていた旦那は、どこへ行ってしまわれたんです」

「わたしはもう、くたびれたんだよ」

与兵衛は、ぼんやりと天井を見上げた。涙がにじんできたような気がした。

「そうですか」

という徳右衛門の声が聞えた。

「そんなにまで思いつめていなさるのなら、一度、下野へお帰りなさいませ」

「下野へ帰ったところで、行くあてがない」

「お兄さんがおいでになるではありませんか。一番上のお兄さんだって、会いたいと思っていなさいますよ」

「思っているものか。あんなに怒って帰ったじゃないか」

「当り前でございます」

徳右衛門は、大声で清二郎を呼んだ。小僧の返事が聞えて、小僧が清二郎を呼びに行ったようだった。

「わたしがお金を差し出したら、お兄さんは怒りなすったと思われますか。怒りゃしません。苦笑いをなすって、お金を押し返しなすっただけですよ。それで、この番頭もろくでなしだとお腹の中で嘲笑われた筈です。お兄さんがあんなに怒って帰られたのは、旦那が血を分けた弟だからです。なつかしくってなつかしくって、ひたすら会いたいと思っていなすった弟が、お金を差し出したからです」

廊下の板戸が開いて、清二郎が顔を出した。徳右衛門は板の間に上がって清二郎を手招きし、耳許で短い言葉を囁いた。清二郎は目を見張ってかぶりを振ったが、徳右衛門は清二郎を廊下へ押し出した。店へ行かせたようだった。

「お帰りなさいまし、下野へ。旦那は、堂々とお帰りになれるのですから。わたしは夜逃げをしてきたし、伊之助旦那は不義理をなすって、国へ帰りたくっても帰れなかったんですから」

陽《ひ》の光《ひかり》をはねかえす水田が見えた。たっぷり降った雨に、植えたばかりの稲も畦道《あぜみち》もようやく顔を出している水田も見えた。庄屋さんのお屋敷や、田畑持ちの百姓の家をふところにかかえている里山には、たくさんのあけびが生えていて、秋には薄い紫色の実をつけて捨松達が入って行くのを待っていたし、炭がなくとも、里山で拾ってくる枯枝や松ぼっくりで冬が越せたものだ。

そうだ、金なんざいらなかった。

友二や嘉一のいる村へ帰ろうと思った。それならば、今すぐに帰りたい。草鞋《わらじ》や笠などはどこかで調達すればよかったが、足が疲れても取り替えはできず、矢のように飛んで行けないのがもどかしかった。

清二郎が戻ってきた。大きな木箱をかかえていた。店の戸棚に入れてある金箱だった。

「これが今、ありたけの金でございます」

「いらぬ、そんなもの」

「いえ、使いようによっては、お金も役に立ちます。だから皆、欲しがるんです」

「でも」

「わたし達は、また稼ぎます。そのかわり、江戸もいいなと思いなすったら、会いにきて下さいまし。ここも、与兵衛というお方のお家なのでございますから」

与兵衛の目の前を、伊之助と宗吉が通り過ぎて行った。思わずまばたきをすると二人の姿は消え、板の間の金箱が目に映った。泣いていたらしい徳右衛門が与兵衛の視線を避けるように土間へ降り、投げ捨てられていた出刃庖丁を拾った。「番頭さん」ではなく、「あんちゃん」という言葉が口をついて出そうになった。

初出
帰り花　「オール讀物」平成二十年十一月号
冬隣「オール讀物」平成二十一年十一月号
風鈴の鳴りやむ時　「小説新潮」昭和四十六年九月号を改稿
草青む　「明日の友」平成二十一年 春号 初夏号 夏号
いつのまにか（「いつの間にか」改題）「小説新潮」昭和四十五年十一月号を改稿
楓日記　窪田城異聞　「オール讀物」平成十三年十二月号
あんちゃん（「矢の如く」改題）「オール讀物」平成二十二年一月号

単行本　平成二十二年五月　文藝春秋刊

本書は平成二十五年刊の文庫の新装版です。

デザイン　中川真吾

DTP制作　エヴリ・シンク

文春文庫

あんちゃん

定価はカバーに
表示してあります

2024年2月10日　新装版第1刷

著　者　北《きた》原《はら》亞《あ》以《い》子《こ》
発行者　大沼貴之
発行所　株式会社 文藝春秋

東京都千代田区紀尾井町 3-23　〒102-8008
TEL 03・3265・1211㈹
文藝春秋ホームページ　http://www.bunshun.co.jp

落丁、乱丁本は、お手数ですが小社製作部宛お送り下さい。送料小社負担でお取替致します。

印刷製本・TOPPAN
Printed in Japan
ISBN978-4-16-792175-0

文春文庫　最新刊

追憶の烏　阿部智里
楽園に至る真実が今明らかに。シリーズ最大の衝撃作

時ひらく　辻村深月 伊坂幸太郎 阿川佐和子 恩田陸 柚木麻子 東野圭吾
超豪華、人気作家六人が三越を舞台に描くデパート物語

人魚のあわ恋　顎木あくみ
帝都を舞台に人魚の血を引く少女の運命の恋がはじまる

恋風　仕立屋お竜　岡本さとる
恋に破れた呉服屋の娘のために、お竜は箱根へ向かうが

情死の罠　素浪人始末記（二）　小杉健治
素浪人として市井に潜む源九郎が、隠された陰謀を追う

おでかけ料理人　佐菜とおばあさまの物語　中島久枝
箱入りおばあさまと孫娘コンビが料理を武器に世間を渡る

助手が予知できると、探偵が忙しい　秋木真
私は2日後に殺される、と話す女子高生の依頼とは…

悪将軍暗殺　武川佑
父と生き別れ片腕を失った少女は悪将軍への復讐を誓う

double～彼岸荘の殺人～　彩坂美月
超能力者たちが幽霊屋敷に招かれた。そして始まる惨劇

あんちゃん〈新装版〉　北原亞以子
野心をもって江戸に来た男は、商人として成功するが…

大盛り！さだおの丸かじり　とりあえず麺で　東海林さだお
読んだら最後、食べずにはいられない。麺だけの傑作選

精選女性随筆集　宇野千代　大庭みな子　小池真理子選
対照的な生き方をした二人の作家が綴る、刺激的な恋愛

罪人たちの暗号　上下　ヘンリック・フェキセウス　カミラ・レックバリ　富山クラーソン陽子訳
北欧を舞台に、連続誘拐殺人犯との頭脳戦が巻き起こる

妻と私・幼年時代〈学藝ライブラリー〉　江藤淳
保守の真髄を体現した言論人、最晩年の名作を復刊！